鸡皮疙瘩 Goosebumps™
系列丛书
金桃子译丛
THE HORROR AT CAMP JELLYJAM · THE ABOMINABLE SNOWMAN OF PASADENA

果冻营地之谜
帕萨迪纳雪怪

[美] R.L.斯坦 著

接力出版社
Publishing House

美国金桃子出版公司
Golden Peach Publishing LLC
1223 Wilshire Blvd. #1510, Santa Monica, CA 90403−5400
电　话：310−454−2648
传　真：509−694−6872
E−mail：goldenpeach@adelphia.net

接力出版社
JieLi Publishing House
社　址：广西南宁市园湖南路 9 号
邮　编：530022
电　话：0771−5866644
传　真：0771−5850435
E−mail：Jielipub@public.nn.gx.cn

图书在版编目（CIP）数据

果冻营地之谜；帕萨迪纳雪怪／（美）R.L.斯坦著；陈融，莫竹芩译．—南宁：接力出版社，2004.3
（鸡皮疙瘩系列丛书：20）
书名原文：The Horror at Camp Jellyjam · The Abominable Snowman of Pasadena
ISBN 7−80679−421−2

Ⅰ.①果…②帕…　Ⅱ.①R…②陈…③莫…　Ⅲ.长篇小说-作品集-美国-现代　Ⅳ.I712.45

中国版本图书馆 CIP 数据核字（2004）第 009753 号

责任校对：蒋强富
责任监印：刘　签
出 版 人：李元君
出版发行：接力出版社
社　　址：广西南宁市园湖南路 9 号
邮　　编：530022
电　　话：0771−5863339（发行部）
传　　真：0771−5863291（发行部）

印　　刷：北京中铁建印刷厂
开　　本：850 毫米×1168 毫米　1/32
字　　数：172 千字　　印张：10
版　　次：2004 年 3 月第 1 版
印　　次：2004 年 7 月第 2 次印刷
印　　数：80 001 — 100 000 册
定　　价：16.00 元
桂图登字：20−2004−012

目 录

帕萨迪纳雪怪

"鸡皮疙瘩"预告

致中国读者

读者们，请小心……

我是 R. L. 斯坦，欢迎到"鸡皮疙瘩"的可怕世界里来。

你是否曾在深夜里听到过奇怪的嗥叫？你是否曾在黑暗中听到脚步声——却根本看不到人？你是否见过神秘可怕的阴影，幽幽暗处有眼睛在窥视着你，或者身后有声音叫你的名字？

如果是这样，你应该了解那种奇特的发麻的感觉——那种给你一身鸡皮疙瘩、被吓呆的感觉。

在这些书里，幽灵在阁楼上窃窃低语；胆战心惊的孩子忽而隐形；稻草人活了，在田野里走来走去；木偶和布娃娃也有生命，到处吓人。

一切都不是看上去的样子。下一个拐弯处，永远有一个——或更多意外的事情等待着你。

当然，这些都是磨砺心理的好玩的吓人事。我

希望你们感到害怕，同时也希望你们大笑。这都是
想像出来的故事。当然，最可怕的地方在你们自己
心里。

　　过个害怕的一天吧。

序 一

北京师范大学教授 著名儿童文学评论家 浦漫汀

几年前，我到美国的一个小镇做业务考察，住在一个老朋友家里。就是从这位老朋友的上初中的孙子和上小学的孙女的书架上，我第一次看到了排成长长一列的少儿系列丛书"鸡皮疙瘩"，仅粗略地翻阅一遍就留下了很深的印象。一个周六的早晨，这两个爱睡懒觉的孩子一反常态地早早爬起来，一起闹着要去镇上的公共图书馆，参加"鸡皮疙瘩系列丛书"作者R.L.斯坦与读者的见面会。我非常理解两个小家伙的热情，决定跟着他们去看看。不料，一出门我们的车就被堵在路上，前面的车一辆接一辆，水泄不通，前方路口还有几个警察在维持秩序、疏导交通。我们原以为是发生了交通事故，一问才知道，路上所有的车辆都是去图书馆参加见面会的。结果，本来不到十分钟的路程开了差不多一个小时。一套丛书和它的作者能够得到小读者们如此诚挚狂热的爱戴，一个见面会就能造成交通堵塞，以致惊动了警察，这番景象着实激发了我进一步了解、研究R.L.斯坦及其代表作"鸡皮疙瘩系列丛书"的浓厚兴趣。

3

的确，"鸡皮疙瘩系列丛书"和"哈利·波特"像两道雨过天晴的亮丽彩虹出现在西方儿童出版的地平线上，给沉寂低靡的出版市场带来了催春的生机。特别是"鸡皮疙瘩系列丛书"，从一九九二年它的第一本书面世，到二〇〇〇年"哈利·波特"出名前的近十年的时间里，它完全是以一枝之秀，独自撑起了美国儿童图书市场的一片繁荣。

在"鸡皮疙瘩系列丛书"问世不久的一九九二年，该丛书即打入了全美儿童畅销书榜。在不到两年的时间里，"鸡皮疙瘩系列丛书"一举拿下了一九九四年全美儿童畅销书榜前十名中的八本，稳固建立了执西方儿童系列图书之牛耳的地位。一九九五年，根据小说改编的电视连续剧，一经播放即刻轰动全美，打破北美所有儿童剧的纪录，一跃成为最受欢迎、收视率最高的儿童电视片。此后，影视与纸介出版物良性互动，势如破竹。一九九九年"鸡皮疙瘩系列丛书"以二十七种文字版本出版，全球销售近两亿二千万册的傲人成绩，被吉尼斯世界大全评为历史上销售量最大的儿童系列图书，作者 R. L. 斯坦亦被评为当年最受欢迎的儿童文学作家。

这一系列令人羡慕的成绩单，无疑代表了空前的经济效益和商业成功。然而，让人们更为兴奋和欣慰的是"鸡皮疙瘩系列丛书"所创造的空前的社会效益：它重新点燃了美国孩子的阅读兴趣，使他们又重新爱上了书本，就连平时不爱读书甚至讨厌读书的为数不鲜的男孩子们也深受其吸引。根据统计资料显示，在"鸡皮疙瘩系列丛书"的读者中，男女生比例基本相等（一般图书女生读者数量远远超过男生）。一位小读者的母亲怀着无限感激写信给 R. L. 斯坦："我的儿子以前从来不碰书本。自从有了'鸡皮疙瘩系列丛书'以后，他每个星期都要拽我到书店，惟恐落掉任何一本。"另一位母亲兴奋地告诉R. L. 斯坦：有一次，她竟然发现自己从来不读书的儿子半夜三点钟，打着手电筒在被窝里读"鸡皮疙瘩系列丛书"。在老师们写给出版社的信中，这种感激之情更是溢于言表。他们告诉编辑：现在，几乎每个适龄学生的书包里，都有几本"鸡皮疙瘩系列丛书"。那些平时一下课只知道打打闹闹，从不消停的男孩子们在课间换教室的路上，竟然还在翻阅着手中的"鸡皮疙瘩系列丛书"。

这在信息爆炸、传统的纸介出版受到严重挑战，孩子们面临着网络、电子游戏、电视、多媒体及丰富多彩的课外娱乐生活等种种诱惑和选择的今天，特别是在高科技最为发达，诱惑和选择幅度最大的美国，"鸡皮疙瘩系列丛书"能够深深吸引住小读者，并且久盛不衰，这不能不说是一个值得关注与探讨的奇迹。

二

由于受到读者的热烈欢迎，R. L. 斯坦欲罢不能，几乎是月月有新作，本本风靡市场。"鸡皮疙瘩系列丛书"目前已出版到一百三十七本。其中包括"鸡皮疙瘩原始系列"六十二本、"鸡皮疙瘩二〇〇〇系列"二十五本、"给你自己一身鸡皮疙瘩系列"四十二本、"给你自己一身鸡皮疙瘩特别系列"八本。在问及"鸡皮疙瘩系列丛书"成功的秘诀时，R. L. 斯坦如是解释："和成年人一样，甚至更甚，儿童普遍喜欢历险、悬念、刺激和一定程度上的惊恐。与成年人不同的是，儿童更富想像力和幻想。而且他们的幻想世界往往与现实世界相互交错，互为补充。"以当今高科技为后盾，以生动逼真的感官刺激为手段的视听媒介，又极大地丰富了当今儿童的想像力和娱乐生活，同时也不断改变和提高着他们对于平面纸介读物的要求。今天的少儿读物要想能够抓住今天的少儿读者，就必须跟得上他们不断变化的阅读习惯，符合他们的阅读特点，与他们有共同语言，对他们有足够的吸引力。

R. L. 斯坦特别形象地用"过山车游戏"的原理来比喻自己的创作，而这一创作风格也为在小读者中深受欢迎的"安全惊险幻想小说"奠定了基础。他以超自然界和超现实世界的不可预测性，加之以异常的节奏变换，使孩子们在阅读他的作品时就像坐"过山车"一样，能够充分满足对刺激及幻想近乎生理需求的渴望。"过山车"随着设计手段和材料科学的发展，以及声光特殊效果的引入，不断地突破着人们体会惊险的极限。然而，"过山车"毕竟是人为的游戏。虽然坐在上面，真真切切地感受到险象环生与入骨三分的恐怖，甚至坐过很久之后还会谈之变色、心有余悸，但人们都知道到头来总会有惊无险，安全着陆。正是这种"安全惊险"的经历，让"过山车"游戏花样翻新，让人们屡试不厌。"鸡皮疙瘩系列丛书"正是利用了小读者的这一心理，将"安全惊险幻想小说"推向了极致。为了让读者真正体验"过山车"那种身临其境的历险经历，R. L. 斯坦在创作方法上进行了有益和成功的探索。

在"鸡皮疙瘩系列丛书"里，人们会发现传统儿童幻想文学里严格分隔现实世界与超现实空间和想像世界的分界完全消失了。在这里我们看到的是两个世界的天衣无缝的合而为一。作者没有借助幻想世界与现实世界的时空距离，比如特定的某一历史时期或某一特定空间来增加效果，他写的就是读者熟悉的环境与身边的人物，家庭、商店、学校、游乐园……小主人公们上学、写作业、玩游戏机、打球、郊游、受表扬、挨训、友爱、吵架、哭哭笑笑……就像邻家男孩和女孩，就像小读者自己。就是这些平平凡凡的现实人物、精心描绘的细节真实，使小读者犹如身临其境，自然而然地与主人公息息相通、打成一片，身不由己地与主人公一起冒险，感同身受，一起惊叫，一起战栗，也一起弄上一身"鸡皮疙瘩"……

R. L. 斯坦谙熟传统儿童幻想文学之真髓，幻想文学中的各种传统的艺术形象，妖、魔、巫、神、幽灵、怪物、怪兽等等，都能在"鸡皮疙瘩系列丛书"的现实世界里找到它们的身影。传统幻想文学中各种表现手法，变形、分身、宝物、咒语等等，也都曾在小主人公的恐怖经历中大显神通。但是，R. L. 斯坦更深知现代环境下成长起来的少年儿童的知识、想像力以及对幻想、惊险小说的更高需求，所以，在"鸡皮疙瘩系列丛书"中，他将传统幻想与科学幻想紧密结合起来，将幻想、惊险、科幻相融相交，不但加强了作品的现代感与惊险效果，也深化了作品的主题。像《远离地下室》《钢琴杀手》《死亡之屋》等等，都将小读者引向了对现代科学技术高度发展、对人与自然的冲突、人类异化等问题的深刻思考。

情节结构上的出色设计，是 R. L. 斯坦为小读者建造的这辆"过山车"的一大特色，也是小读者对"鸡皮疙瘩系列丛书"爱不释手的一大原因。无论打开其中的哪一本书，都会像坐上了真正的"过山车"，情节都起伏跌宕，一波三折，令人回肠荡气。R. L. 斯坦是个悬念大师，他在作品中糅入了电视连续剧的手法，每一章的结尾都悬念横生，挑动得读者提心吊胆，急奔下文，无法掩卷；即便大团圆的结局到来，皆大欢喜之时，也会突然异峰突起，给人以出乎意料之笔，随后戛然而止，给小读者留下无尽的猜测与遐思。R. L. 斯坦非常注意调动小读者的积极性与参与感。这种努力，在情节发展、故事结局由小读者选择、作品与读者充分互动的"给你自己一身鸡皮疙瘩系列"中显得更为突出。在这里，孩子们不仅是读者，而且也像小主人公一样，是惊心动魄的活动、事件的参与者，同时也像作者一样，是充分发挥想像的创作者。这对于提高孩子们的阅读兴趣、培养孩子们的想像力、创造性，以及增强遭遇惊险时的应变能力，都有很大的探索性意义。

"鸡皮疙瘩系列丛书"在创作手法上，还有另外一点值得我们特别注意。R. L. 斯坦放弃了传统经典幻想文学巨著，如《戒指王》《艾丽丝漫游奇境》和今天的"哈利·波特"等，通常采用的主要角色和故事背景贯穿始终、一成不变的传统手法。很显然，从写作角度，特别是从多卷本文学作品的角度，描写特定的时空环境里的特定的人物，比不断创造新的人物、变换新的环境，更能收到事半功倍的效果。随着作品中主要角色的重复出现，他们的性格特点和典型形象就会在读者的印象中逐步加深，并且自然而然地树立起来。可是，R. L. 斯坦却自讨苦吃地选择了全套"鸡皮疙瘩系列丛书"的每一本均从人物到背景都完全不同，又都各有一个独立故事的写法。我们都知道，一部成功的短篇比长篇巨著更容不得任何败笔。它好比一个无情的放大镜会将所有瑕疵成倍放大。然而，对于生活在今天这样一个快节奏充满多元选择的社会里的孩子来说，高潮迭起、"精致的快餐"式的短篇，可能更适合他们精力难能持久集中和时间零碎的特点。如同安徒生和格林等大师的童话作品一样，作者通过这套由一百三十七本各自完全独立的作品和数百个栩栩如生的人物组成的"鸡皮疙瘩系列丛书"，为小读者们安上了幻想之翼，创造了一个任凭孩子们的想像力自由翱翔的色彩斑斓的奇妙世界。

小读者对"鸡皮疙瘩系列丛书"如醉如痴的着迷程度以及整套丛书持久不衰的空前成功，充分证明了R. L. 斯坦的选择是正确的。可以毫不夸张地讲，"鸡皮疙瘩系列丛书"以及它所代表的"安全惊险幻想小说"近十年在全球范围的轰动，为后来的"哈利·波特"的成功奠定了深厚的读者基础。

三

"鸡皮疙瘩系列丛书"自出版以来，也受到了老师、家长、儿童教育工作者、儿童文学工作者的肯定和欢迎。而这对于以"惊险"为主题的儿童作品来说是不多见的。这与 R.L.斯坦所忠贞不渝地信守的创作原则和高度的社会责任感是分不开的。细心的读者可能会发现，"鸡皮疙瘩系列丛书"所有故事里的男女小主角都是十二三岁的孩子。这是因为，在 R.L.斯坦创作"鸡皮疙瘩系列丛书"的时候，他的儿子正好十二岁。他开始是为自己的孩子编故事、讲故事，由于孩子听不够，便一发而不可收。身为一个少儿出版社编辑的 R.L.斯坦自然也想到了别人的孩子，千千万万的小读者，所以就一本本写了下去，这才有了今天的以三十一种文字传遍全球，并登上吉尼斯世界大全的"鸡皮疙瘩系列丛书"。作为一个父亲、一位关爱广大儿童的作家，他千方百计保护自己十几岁的儿子及其同龄的小读者们，使其纯洁的心灵不受到社会阴暗面的污染和伤害。他在创作中始终严格信守的一条原则就是："绝不在自己的作品中涉及性、毒品、离婚、虐待儿童等现实生活中龌龊和令人沮丧的题材。"R.L.斯坦一贯坚持，自己写作的目的只是为孩子们提供娱乐，借助一个个超越现实的科幻、神话、传说和鬼怪世界，创造一个个挑战孩子们想像力极限的情境和经历。他认为，真正的恐怖是现实世界中存在的种种令人沮丧的社会痼疾，而它们恰恰是孩子们不该过早接触和经受的伤痛。

正是作者的上述创作原则和"安全惊险幻想"手法，使得

"鸡皮疙瘩系列丛书"能够超越国籍、文化、种族的差别，受到了全世界孩子与成人普遍的认同和欢迎。古今中外的幻想文学，无论是中国的志怪小说、鬼狐作品，阿拉伯世界的《一千零一夜》，还是西方不朽的童话和寓言故事，无一不是通过"异类"的眼睛和奇幻多姿的"异界"与我们现实世界的巨大差别，来更深刻、清晰、客观地审视我们生活的社会，发现和反省人类世界自身的丑陋和卑劣，激发和调动我们内心世界真善美的一面的。"鸡皮疙瘩系列丛书"最成功的地方就在于此。《邻屋幽灵》中的小幽灵奋不顾身地从烈火中抢救朋友的感人形象，她在舍己救人中得到升华的善良灵魂，都会引起人们对生命价值的认真思考。翻读着《小心许愿》和《魔鬼面具》，读者对于弱者的同情和悲悯之心，都会不由自主地油然而生。互助、友爱、以正抗恶，也是作者在"鸡皮疙瘩系列丛书"中不断倡导的主题。

"鸡皮疙瘩系列丛书"的成功，还来自作者对儿童心理细腻而准确的把握和高超的与儿童沟通的语言能力。R.L.斯坦创作"鸡皮疙瘩系列丛书"的时候，总是先将故事里的情节与人物对话讲给儿子听，以保证自己的比喻、幽默以及"关子"能够达到预期的效果，能在特定读者对象中引起共鸣。作者与儿童沟通的能力，还得益于他在成为专职作家之前多年的编辑经验。美国著名的儿童幽默杂志《香蕉》和《一百零一个愚蠢怪物笑话》《傻瓜巡警》等儿童幽默图书，都是出自R.L.斯坦之手。

成功的创作经验和优秀的文学作品是全人类的共同文化遗产。我们相信，"鸡皮疙瘩系列丛书"同样会在中国的小读者中找到知音。国内儿童文学作家、工作者，也一定会从"鸡皮疙瘩系列丛书"的创作经验中得到借鉴与启示，为儿童创造出更多更好的作品。

序 二

首都师范大学教授　著名儿童文学评论家、作家

国际安徒生奖提名奖获得者　**金　波**

人当少年时，智慧大增，却更加渴望心灵历险，愿意体验一下"恐怖"的刺激。那感觉，就有如坐上"过山车"，惊险中"呦呦"的呼叫声不绝于耳，既是恐怖的，又是愉悦的。

现在提供给广大读者的这套"鸡皮疙瘩系列丛书"，当你阅读的时候，就像搭乘一次心灵历险的"过山车"。

少年心理的健康发展，需要一个磨砺过程，生活阅历中的挫折、情感体验中的悲喜、精神世界中的追求，都是人生不可缺少的历程。

心理上的"恐怖"也是一种体验，它可以给予我们胆识、睿智、想像力。

这套"鸡皮疙瘩系列丛书"，在美国颇受少年儿童的青睐，甚至让那些不爱读书的孩子，也耽读不倦，爱不释手。因此，一九九九年，这套丛书曾以二十七种文字版本出版，全球销售近两亿二千万册，作者R.L.斯坦被评为当年最受欢迎的儿童文学作家。

是的，阅读"鸡皮疙瘩系列丛书"，与我们通常阅读小说、童话以及科幻故事相比较，颇有异趣。书中斑驳陆离的情境、浩瀚恣肆的想像、直抉心灵的震颤，蔚成奇观，参配天地。

阅读"鸡皮疙瘩系列丛书"，感受心灵探险，好奇心得到充分的满足，获得充分的自由、畅快。在想像的世界中，可以我行我素，或走马古老荒原，邂逅精灵小怪；或穿越沼泽湿地，目睹青磷鬼火；或瞻谒古宅废园，发现千古幽灵，尽情享受一番超越现实、脱俗出尘的惊险和快乐。

这里有冥茫混沌中创造出的另一个世界，这个世界中所发生的故事，虽属怪诞，甚至可怖，虽是对不真实或不存在的事物纯乎幻想与游戏性的艺术再现，但它又与我们的现实生活息息相通，就如同发生在我们身边的事情，让你相信那诸多的神灵鬼怪，其实都是摄取于现实生活中实有的人物。

阅读这些故事，随着故事的进展，情感也随之波澜起伏，有壮烈的激情，有缠绵的爱意，也有凄美的伤感。总之，阅读的快感，丰沛而多彩。

阅读这些奇异的故事，经过一场心灵的历险和心理上的恐怖体验，同样会对善与恶、美与丑，或彼或此，有所鉴别，这同样有赖读者的灵性与妙悟。

这些故事，打破现实与虚幻、时间与空间的界限，富于魔幻和神秘色彩。我们畅游于这个奇幻的世界，感受着与宇宙万物的冲突、和谐，与古今哲思的交流、契合，与人类的心力才智的感悟、沟通。

我们可以和魂灵互致绸缪，可以把怪诞嘘之入梦。我们的精神世界丰盛了，视野开阔了，心理也会为之更加强健。

要做一个智者、勇者，就要敢于经历心灵的探险。阅读这套"鸡皮疙瘩系列丛书"，虽然会有坐"过山车"的惊恐，但终将"安全着陆"。那时候，你会津津乐道，回味无穷。

果冻营地之谜

翻译：陈 融 校译：尼 娜

第一章

　　妈妈指着车窗外兴奋地说："看，一头牛！"

　　弟弟艾略特和我都随声应了一下。我们已经在田野里开了四个小时的车了，妈妈每看见一头牛或者一匹马就要指给我们看。

　　"看你这边，温迪！"妈妈在前座叫道，"羊！"

　　我从窗外看去，看到一群灰色的羊——肥肥的、毛茸茸的——放牧在绿草如茵的山坡上。"羊是挺好的，妈。"我翻了一下白眼，答道。

　　"那儿有一头牛！"艾略特大声叫道。

　　现在他又来了！

我把手伸向后座狠狠地推了他一下。"妈，你说人能不能被烦死？"我嘟囔着。

"砰砰！"艾略特叫道。这孩子真可笑，你说是不是？

"我跟你说过，"爸爸对妈妈说，"十二岁的孩子已经对乘车长途旅行没兴趣了。"

"十一岁也一样。"艾略特赶紧声明。

我十二岁，艾略特十一岁。

"你们俩怎么这样没有情趣？"妈妈问道，"瞧——一群马！"

爸爸加快车速，超过了一辆黄色卡车。道路弯弯曲曲，我们在陡峭的群山中穿行。我看见远处灰蒙蒙的群山间，升腾起浓密的雾。

"这儿的风景真是美不胜收。"妈妈赞叹道。

"千篇一律，看多了全成旧挂历了。"我抱怨道。

艾略特指着窗外："看！这儿没马！"

他笑作一团。他觉得那可笑无比。艾略特还真把自己逗乐了。

妈妈从前座转过身来，眯着眼看着弟弟，责问道："你在取笑我？"

"是啊！"艾略特回答。

"当然不是。"我插了一句，"谁会取笑你

啊，妈妈？"

"你们什么时候可以不闹了？"妈妈抱怨道。

"我们正开出爱达荷州，"爸爸说，"再往前就到怀俄明州了，我们很快就要开上那些山了。"

"也许我们会看到山牛了！"我讽刺了一句。

艾略特大笑起来。

妈妈叹了口气："接着说吧，来把我们三年来的第一次家庭旅行毁了吧。"

车狠狠地颠了一下。我听到身后的拖车弹起又落下。爸爸在车后挂了一辆老式的大拖车，我们已经拖着它走遍了西部。

这辆拖车其实有点儿好玩儿。车内，靠边有上下铺四张窄窄的床，还有一张桌子，我们可以围坐在一起，吃饭或者打牌。里面甚至还有一个小小的厨房。

到了晚上，我们就开到拖车营地。爸爸会给拖车接上水和电，我们就在这个小小的私人行宫里过上一夜。

车又狠狠地颠了一下。我听到身后的拖车也跟着又颠了一次。车开始爬山了，倾斜得厉害。

"妈，我怎么才能知道自己晕车了没有？"艾略特问道。

妈妈转过身面对我们，皱着眉说："艾略特，你从来没有晕过车，"她又放低了声音，"你忘

了？"

"哦，没忘，"艾略特回答，"我只是闲得没事干。"

"艾略特！"妈妈叫道，"你要是真的无聊，睡觉去！"

"那也无聊。"弟弟嘟囔着。

我看得出，妈妈生气了，脸都红了。妈妈与爸爸、艾略特和我都不一样，她金发碧眼，皮肤很白，是很容易泛红的那种，另外，她挺丰满的。

而爸爸、弟弟和我却比较瘦，也比较黑，我们三人的头发和眼睛都是棕色的。

"你们这些孩子真是身在福中不知福，"爸爸说，"你们马上要看到奇妙无比的景色了。"

"巴比·哈里森去了棒球夏令营，"艾略特抱怨道，"杰·苏门去了住宿夏令营，要去整整八周呢！"

"我也想去住宿夏令营！"我叫道。

"你们要去也得明年去，"妈妈厉声说道，"这次是一生中难得的机会。"

"可这样的难得机会也太没意思了。"艾略特抱怨道。

6

"温迪，陪你弟弟玩玩。"爸爸命令道。

"对不起，"我叫道，"我怎么来陪他玩儿？"

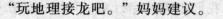

"玩地理接龙吧。"妈妈建议。

"哦，不，别再玩了。"艾略特哀求着。

"来，来，从我开始。"妈妈说，"亚特兰大
（Atlanta）。"

亚特兰大的拼写以字母 A 结束，所以我得说出
一个以字母 A 开头的城市名字。"阿尔伯尼
（Albany）。"我说，"该你了，艾略特。"

"嗯……用字母 Y 开头的城市有……"弟弟想
了一会儿，然后沉下脸说，"我认输！"

我的弟弟玩的时候就是这样一种德性。他玩得
太认真，一点儿也输不起。有时候他玩起足球或者
垒球来，实在太较劲，我真为他担心。

有时候，当他认为自己赢不了时，就放弃，认
输，就像现在这样。

"接上杨斯城（Youngstown）怎么样？"妈妈
问。

"什么杨斯城不杨斯城的？"弟弟咕哝着。

"我有一个主意，"我说，"让我和艾略特到
拖车里去待上一会儿怎么样？"

"啊，太好了！"艾略特叫道。

"我想不行，"妈妈说，她转身向着爸爸，
"拖车载人行驶是违章的，对吧？"

"我不清楚。"爸爸一边说，一边把车速降了

下来。现在，我们正爬坡穿行在一片浓密的松树林里，这儿的空气非常新鲜，还带着甜味。

"让我们去吧，"艾略特恳求着，"让我们去吧。"

"我想，让他们去后面待一会儿不会有什么害处，"爸爸对妈妈说，"只要他们小心一点儿就可以了。"

"我们会小心的！"艾略特允诺道。

"你确信安全无事？"妈妈问爸爸。

爸爸点点头："会出什么事？"

他把车停在公路边上。艾略特和我下了车，跑向拖车，拉开车门，一下子钻了进去。

几秒钟以后，车又上了路。我们在后面的大拖车里一路颠簸而行。

"太酷了！"艾略特一边高声嚷着，一边向后窗走去。

"我的主意不错吧？"我跟随着他，问道。他和我击掌相庆。

从后窗向外看，车向山上开去时，公路似乎在向下倾斜。

车拉着我们的拖车，拖车颠簸摇晃。

公路向上倾斜着，倾斜得越来越厉害。

就在这个时候，我们所有的麻烦开始了。

第 二 章

"我赢了！"艾略特大叫着，他跳了起来，胜利地举起双拳。

"五局三胜制！"我声明，抚摸着我的手腕，"来，来——五局三胜，除非你是胆小鬼。"

我知道用这种方法可以制伏他。艾略特无法忍受被人称为胆小鬼。他又坐回到位子上。

我们俩倾身在窄窄的桌子上，紧握双手，已经掰了大约十分钟的手腕。这很好玩儿，因为拖车在公路上每颠簸一次，桌子也会随着颠一下。

我和艾略特一样强壮。但是他更加竭尽全力，甚至超过竭尽全力。从来也没见过有人在掰手腕时

9

会像他那样声嘶力竭，汗流满面，拼死用力。

对我来说，这只是一场游戏而已。但是，对于艾略特而言，每一场游戏都好像生死攸关。

五局三胜制，他赢了五轮。我的手腕酸，手臂痛，但是，我真的很想在最后一次比赛中击败他。

我趴在桌子上，紧紧地握住他的手，咬紧牙，狠狠地盯着他那双深棕色的眼睛。

"开始！"他叫道。

我们俩都用上了力。我用力往下掰，艾略特的手开始向桌面倾落下去。

我更加用力，差不多要制伏他了，只要再加一点点力。

他吁了一口气，开始反攻——闭着眼，脸涨得通红。我看到他颈上的青筋都突了出来。

我弟弟可不愿输。

砰！

我的手背重重地落在桌面上。

艾略特又胜了一次。

事实上，是我让他赢的。我不想看到他的肺因为这场愚蠢的掰手腕比赛而气炸了。

他跳了起来，紧握双拳，庆祝他的胜利。

"胜了——"他高呼。突然拖车颠得厉害，他被摔到了墙上。

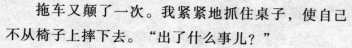

拖车又颠了一次。我紧紧地抓住桌子，使自己不从椅子上摔下去。"出了什么事儿？"

"方向变了，我们正在往下走。"艾略特回答。他正慢慢地移回到桌子边。

但是车还是颠得厉害，他又摔倒在地上。"嘿，我们正在往后退啊！"

"我敢打赌，准是妈妈在开车。"我说，一边用双手抓住桌子边。

妈妈总是像疯子一样开车。当你提醒她已经开到了时速八十英里时，她总说："不可能，我好像只开到三十五英里！"

拖车跌跌撞撞地向山下滑去。艾略特和我也随着车又跌又撞的。

"他们是怎么搞的？"艾略特叫道，他抓住一张床，竭力保持平衡，"他们在往回开？我们怎么在往后退？"

拖车隆隆地往山下滑去，我撑着桌子站起来，跌跌撞撞地走到拖车前部，想去看看爸爸妈妈的那辆车。我把那块红色方格布窗帘拉开，从小窗子里往外看。

"啊，艾略特——"我几乎说不出话来，"我们出问题了。"

"啊？什么问题？"他说，拖车的速度加快

11

了，颠得也更厉害了。

　　"爸爸和妈妈没拖着我们的车，"我告诉他，"他们的车不见了。"

第三章

艾略特的脸上一片迷惑。他没有明白我的话，或许，他根本就不相信我说的话。

"拖车脱钩了！"我尖叫着，从颤动着的窗子里向外看，"我们正在滚下山去——和车一起滚下去！"

"不……不！"艾略特喃喃地说。他不是口吃，因为车颠得太厉害了，他几乎说不出话来。他的运动鞋在拖车地板上一高一低地蹬踏着，看上去就像在跳踢踏舞。

突然，我的头狠狠地撞在车顶上，痛得我哇的一声大叫起来。艾略特和我被绊了一下，跌到了车

13

的后部。我紧紧地抓住窗沿，挣扎着，想看看我们的车落到什么地方了。

路弯弯曲曲地通向山下，两边是密密的松树林，山势陡峭。我们的车飞驰而下，两边的树木成了模糊跳跃的一片片绿色和棕色。

车速越来越快，颠得越来越厉害。

越来越快。

越来越快。

车轮在我们身下发出巨大的摩擦声。拖车倾斜得厉害。

我跌倒在地板上，挣扎着，想用双膝支撑着站起来，但是，拖车摇摆不定，我四脚朝天地躺在地上。

靠着膝盖的支撑，我抬起身子，看见艾略特像一只橄榄球一样在地板上滴溜溜地打转。我猛地冲向拖车后部，扒住车窗向外看。

拖车颠得非常厉害，路也弯弯曲曲得非常厉害——但是，拖车却不会顺着路转弯！

车子弹向了路边，直向树林窜去。

"艾略特，"我尖声大叫，"我们要粉身碎骨了！"

第 四 章

拖车摇动得厉害，我听到一声爆裂声。

我想，车子就要摔成两半了。

我用双手从地上撑起，向窗外看去，黑黢黢的树木飞快地掠过。

一次激烈的颠簸，把我摔倒在地上，四脚朝天。

我听到艾略特在叫我的名字："温迪！温迪！温迪！"

我闭上眼睛，浑身紧张，等待着粉身碎骨。

等待……

等待……

15

Goosebumps

寂静无声。

我睁开眼睛，过了好几秒钟，我才明白我们已经停下来了。我深深地吸了口气，从地上爬起来。

我移步转过身来，双腿直打战，整个身子的感觉非常古怪，好像还在随车颠簸。"艾略特，你还好吗？"

他被摔到了下铺床上。"我想，还好，"他回答，他从床上放下脚，晃动着脑袋，"我有点头昏。"

"我也是，"我坦白地承认道，"这算什么旅行啊！"

"比乘过山车强！"艾略特说，他爬了起来，"让我们从这鬼车里出去！"

我们俩走向车前部的门。这是向上的斜坡，拖车向上倾斜着。

我先到门边，抓住了门把。

一声响亮的敲门声把我吓得跳了回来，"啊！"我叫道。

又敲了三声。

"是爸爸和妈妈，"艾略特叫道，"他们找到我们了，开门，快！"

用不着他叫我快点儿开门，我的心跳都停了一

16

拍，能看到他们我多高兴啊！

我转动把手，打开拖车的门——

不禁倒吸了一口冷气。

第 五 章

　　我呆呆地盯着这个金发男人的脸，他的蓝眼睛在明亮的阳光下闪闪发光。

　　他穿着一身白，一件上好的亚麻布 T 恤衫，束在宽松的白色短裤里。一枚小小的纽扣徽章别在他的 T 恤衫上，上面用粗体黑字写着："只求最佳"。

　　"哦……你好。"我终于挣扎着说出话来了。

　　他向我灿烂一笑，嘴里好像长了两千颗白牙。

　　"嘿，小家伙——你们都好吗？"他问道。他的蓝色眼睛闪动得更亮了。

　　"哦，我们很好，"我告诉他，"还有点儿发抖，不过——"

"你是谁？"艾略特把头从车门里伸出来，叫道。

那人的笑容并没有消退："我的名字叫巴笛。"

"我是温迪，他是艾略特。我们还以为你会是我们的父母呢。"我解释道，一边跳到了地上。

艾略特跟着我也跳了下来，"爸爸妈妈呢？"他皱着眉问道。

"我没看见任何人，小伙子。"巴笛告诉他，他仔细地看着我们的拖车，"出了什么事？没挂住？"

我点了点头，把黑发从我的脸上捋开："是的，我想是在陡峭的山上。"

"太危险了！"巴笛喃喃地说，"你们一定吓坏了吧。"

"我可没有。"艾略特声明。

这家伙真是的。是他先吓得发抖，一遍又一遍地叫我的名字，现在倒好，他成了勇敢无畏先生了。我承认道："在我的一生中，从来也没有这样害怕过。"

我离开拖车几步，细细地看着树林。树木在微风中摇曳，沙沙作响；几束太阳光线插入其间，明亮醒目。我用一只手搭在额上，向四处远眺。

19

没有爸爸妈妈的影子，也没有看见穿越厚密树林的公路。

只看到我们的拖车经过松软的土地后留下的车轮印。在密密的树林中，我们的拖车竟然能神奇地飞速穿越一条小径，毫无阻挡，最后停在一座陡峭山峰的脚下。

"哇，我们真是命大。"我喃喃地说。

"你们真是幸运，"巴笛兴高采烈地说，他走到我身边，双手扳住我的肩，要我往相反的方向看，"看清楚了，看看你们俩落在了什么地方！"

向山上望去，我看到丛林中有一块宽阔的空旷地，接着，我看到一面巨大的红白旗子，高高地悬系在两根旗杆上。我眯起眼睛去读旗子上的字。

艾略特高声地念了出来："果冻国王运动营地。"

"营地在山的那边，"巴笛告诉我们，并向我们俩友好地一笑，"来，跟我来！"

"但是，但是，"弟弟急急忙忙地说，"我们还要找爸爸妈妈呢。"

"嘿，没问题，小伙子。你们可以在营地里等他们。"巴笛向他保证。

20

"但是，他们怎么知道在哪儿能找到我们？"我表示反对，"我们要不要留个条子给他们？"

巴笛又露出了灿烂的微笑，“不必了，我会处理好的，”他对我说，“没问题。”

他走过拖车，抬头看了看山上。阳光下，他的白色T恤衫和白色短裤泛出了微光，我还注意到他的袜子和高帮鞋子也是白光闪闪的。

那是他的制服，他一定在营地工作。我肯定。

巴笛回过身来：“你们俩来吧？”他挥舞着双手，“来吧，你们会喜欢营地的！”

艾略特和我急忙跟上他。我一跑起来，双腿还会颤抖，还会感觉得到脚下的拖车地板在颠簸、摇晃，我甚至怀疑自己还会不会有正常的感觉。

当我们爬上绿草如茵的山上时，那面红白旗子看起来更清楚了。我大声念道：“果冻国王运动营地。”

一个滑稽可笑的紫色卡通形象画在旗子上这几个字的旁边。他看上去像一块嚼过的葡萄口香糖，脸上大笑着，头上带着一顶金冠。

“那是什么？”我问巴笛。

巴笛瞥了一眼旗子，“那是果冻国王，”他答道，“他是我们的吉祥物。”

“怎么为运动营设计了这么个奇形怪状的吉祥物。”我抬头盯着那个紫色的、满脸斑点的国王说。

巴笛没有回答。

"你在营地工作吗？"艾略特问。

巴笛点点头："在这儿工作再好不过了。我是营地总管。欢迎你们。"

"但是，我们不能去你的营地，"我说，"我们还要去找我们的父母，还要——"

巴笛把一只手放在我的肩上，一只手放在艾略特的肩上，引着我们往山上走："你们俩大难不死，应该在这儿好好休整休整，找点儿乐趣。在营地快活快活，我会和你们的父母联系。"

当我们快到山顶的时候，我听到了一阵阵声音，是小孩子的声音，又叫又笑的。小径很窄，满山都是密密的高耸入云的松树、桦树和枫树。

"这是一个什么样的运动营地？"艾略特问巴笛。

"我们准备了各种各样的运动，"巴笛回答，"从乒乓球到橄榄球，从门球到足球，我们都有。还有游泳、网球，还有射箭，甚至还有一个弹子赛。"

"听起来像是个好地方！"艾略特说着对我露齿一笑。

22

"天下第一的好地方！"巴笛拍拍艾略特的肩说道。

我第一个爬上山顶，透过树林凝视着营地。营地似乎延伸了好几英里。

我看到营地的两边有两栋长长的白色的两层楼房，在两栋楼房中间，有几个运动场、一个棒球场、一长排网球场和两个很大的游泳池。

"那两栋长长的、白色楼房是宿舍，"巴笛指点着说，"那是女孩子的，那是男孩子的，你们俩在这儿期间，可以住在那里。"

"哇！简直难以置信！"艾略特惊叫道，"两个游泳池！"

"而且是奥林匹克比赛的标准尺寸。"巴笛告诉他，"我们还有跳水比赛，你们会跳水吗？"

"只有在拖车里才会！"我开玩笑说。

"温迪喜欢游泳。"艾略特告诉巴笛。

"我想今天下午有一场来回游四圈的游泳比赛。"巴笛告诉我，"一会儿我去为你查一下日程表。"

我们顺着小径下山，阳光洒在我们身上，我的脖颈开始感到微微灼痛，来一场凉爽的游泳倒真是不错。

"任何人都可以报名打棒球吗？"艾略特问巴笛，"我的意思是说，是不是要先加入一个队什么的？"

"你想玩什么就玩什么，"巴笛告诉他，"惟一的规定是，在果冻营地一个人必须竭尽全力，"巴笛拍拍自己 T 恤衫上的纽扣徽章，"只求最佳。"他说。

微风又把我的头发吹拂到脸上，我早就该在假期前把它剪掉了。我决定一进宿舍，就找东西把它扎在脑后。

路边近处的场地上正在进行一场足球比赛。哨声阵阵，孩子们的欢叫声不断。我看见一长排箭靶子远远地竖立在足球场的远端。

巴笛开始朝营地小跑。艾略特紧走几步来到我身边，"哎，我们不是想参加夏令营吗？"他笑着说，"是不是啊？咱们这不是来啦！"

我还没有回答，他就快步跟上了巴笛。

我又一次把头发捋了回去，然后跟着他们。突然，一个小姑娘从一棵大树后面探出头来，我不由得停了下来。

她大概有六七岁的模样。一头火红的头发，一张布满雀斑的脸，上穿一件长长的淡蓝色 T 恤衫，下着黑色紧身裤。

"嘿，"她小声地叫道，"嘿！"

我扭头看着她。

"不要进营地！"她叫道，"快跑！不要进营地！"

第六章

　　巴笛快速地回转身来，"什么事，温迪？"他叫道。

　　当我回头再向那棵树看去时，那个火红头发的小姑娘已经不见了。我把眼睛眨了又眨，她还是毫无踪影。

　　这个女孩在这儿干什么？我感到很奇怪。难道她躲在树后只是为了吓唬别人？

　　"嗯，没什么事。"我一边对巴笛说，一边跟随着这个总管和艾略特进了营地。

　　我们绕过足球场，经过了一长排网球场的网墙。一路上，我很快就把这个小姑娘的事抛到脑后

25

了。当我们转身踏上通向营地的主干道时，还一直听得见身后击打网球的阵阵声响。

竟然有这么多运动项目！这么热火朝天！

我们从一大堆各种年纪的孩子身边挤了过去，他们正急切地要去游泳池，去棒球场，去保龄球场！

"太棒了！"艾略特不停地说，"简直太棒了！"

这一回，他说的没错。

我们遇见了几个营地的管理员。他们都是青年男女，一身白装，一个个容貌俊秀，笑容可掬。

我们经过了好几十个画着果冻国王紫色的、布满斑点的脸庞的三角标牌，他戴着金灿灿的皇冠，大笑着。每一张脸的下面都有一条营地口号："只求最佳"。

他还是挺可爱的，我想。我看我是开始喜欢上这个令人惊异的运动营地的一切了。

我还不得不承认，自己是在暗暗地企盼，希望爸爸妈妈至少在这一两天里不要找到我和艾略特。

这样想不是有一点儿可怕吗？

对此，我真的有点儿犯罪感。但是，又不由自主地要这样想。这个营地确实太令人激动了，特别是在经历了好几天坐车旅行之后，而且还是坐在汽

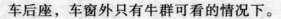

车后座，车窗外只有牛群可看的情况下。

他们先把我的弟弟留在男生宿舍。另一个管理员，一个高高的、黑头发的人，名叫斯考特，接下了艾略特，并把他带去安排宿舍。

然后，巴笛带我到了营地另一边的女生宿舍。一路上，我们看到一场体操比赛正在室外进行，再远一点，在一个游泳池边上挤满了孩子，正在看一场高台跳水比赛。

巴笛和我边走边聊。我给他讲了我们学校里的一些事，还告诉他我最喜欢的运动是游泳和骑自行车。

我们在通向宿舍的白色双开门入口处停了下来，我问他："你是哪儿的人？"

他回头凝视着我，一脸的迷惑不解。一时间，我以为他没明白我的问题。

"你就是从这周围不远的地方来的吧？"我问。

他狠狠地咽了口口水，眯了眯蓝眼睛，"奇怪……"他最终喃喃地说。

"什么奇怪？"我追问道。

"我……记不清了，"他结结巴巴地说，"我记不清自己是从哪里来的，你说能不奇怪吗？"他举起右手，放在嘴上，轻轻地咬着他的食指。

"哎，我也总是忘事儿。"看到他不安的样子，我对他说。

我还想说点儿什么，却见一个年轻的女管理员正快步向我们走来，她留着短短的直发，涂着发亮的紫色口红，"你好，我是哈丽。你准备参加什么运动？"

"让我想想。"我迟疑不决地回答。

"这是温迪，"巴笛告诉她，他的表情依然有点儿迷惑，"她需要一个房间。"

"没问题，"哈丽高兴地说，"只求最佳。"

"只求最佳。"巴笛平静地重复了一句。他向我微微一笑，但是，我仍然看得出他还在竭力回忆他的家乡在哪里。这件事真是有点儿蹊跷，是不是？

哈丽带我进了宿舍。我跟在她后面，走进了一条长长的白瓷砖铺成的走廊。几个女孩迎面跑过来，她们是去参加各种运动的，一个个又叫又笑，十分兴奋。

经过一些开着门的房间时，我探头往里看了看。哇！这地方这么现代，这么奢侈！根本不是那种常见的低级的乡村夏令营。

"我们待在房里的时间实在不多，"哈丽告诉我，"大家总是在户外比赛。"

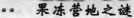

　　她打开了一扇白色的门，示意我进去。门对面的墙上有一扇大大的窗户，明亮的阳光直泻而入。

　　我看见两组亮蓝色的双层床分别摆在两边的墙边，中间摆着一张高级的白色梳妆台，另外还有两张白色的皮椅。

　　墙也是白色的。除了梳妆台上方的墙上挂着一帧画有果冻国王画像的镜框外，四周的墙上别无他物。

　　"好漂亮的房间！"我叫道，明亮的阳光使我眯起了眼睛。

　　哈丽微笑着，她的紫色嘴唇太耀眼夺目了，似乎遮盖了她脸上的所有其他特征。"很高兴你喜欢它，温迪。你可以睡那边的下铺。"她指了指，她的手指甲上也涂了紫色，这与她的唇色正相配。

　　"我有室友吗？"我问。

　　哈丽点点头。"你很快就能见到她们，她们会邀你去试着参加一些活动。我想，这会儿她们可能正在草地上踢足球，我不太肯定。"

　　她向门外走去，但走到门边又转回身来："你会喜欢狄尔德的，我想，她和你差不多年纪。"

　　"谢谢。"我说，一边打量着房间。

　　"回头见。"哈丽说着顺着走廊走了。

　　我站在洒满阳光的房间中央，思虑重重，我在

担心我的衣服怎么办？还有游泳衣怎么办？运动衫怎么办？

我只有身上穿的牛仔短裤和粉红、天蓝条纹的T恤衫。

还有，哈丽为什么不告诉我接下来去哪儿？我问自己，为什么她自己走了，把我留在这间空房子里？

我没多少时间问自己问题。

我正向窗户走去，突然听到了什么声音：是有人正在门外悄悄讲话。

于是，我转身走向门口。是我的室友们回来了？

我听到一片兴奋的交头接耳声。

接着，我听到一个女孩在大声地向其他人发号施令。

"来，我们把她困在里面了，一起上吧。"

第七章

我倒吸了一口冷气，拼命想找一个地方躲起来。

但是，没时间了。

三个女孩冲进了房间，眯着眼，咧着嘴，发出威胁的冷笑。她们站成一排，快速地向我逼近。

"嘿！等等！"我叫道，一边举起双手，好像要护卫住自己，不让她们进攻。

一个长着杂色金发的高个女孩先笑了，接着，其他两个女孩也笑了起来。

"吓着你喽！"金发女孩说，同时，得意扬扬地把长发向后一甩。

我回头看着她，咧嘴笑了。

"你真的以为我们要打你？"另一个女孩问道，她长得很清瘦，黑色的头发，留着极短的刘海儿，穿着灰色的运动裤和一件旧的灰色T恤衫。

"嗯。"我说，并感到自己的脸红了。她们的小小的玩笑真的使我出了丑。我觉得自己像个大笨蛋。

"别看着我，"第三个女孩摇着头说，她的鬈曲金发从蓝红相间的写有芝加哥棒球队字样的帽子里露了出来，"这全是狄尔德的主意。"她指着那个杂色金发的女孩。

"别在意，"狄尔德笑着说，她的碧眼一闪一闪的，"你是这星期挨吓的第三个女孩。"

"她们也认为你们要打人吗？"我问。

狄尔德点点头，得意得很，"只是一个玩笑，"她承认，"但是，很好玩儿。"

这次，我也和她们一起大笑起来。

"我有一个弟弟，我已经习惯这种笨玩笑了。"我告诉狄尔德。

她又把头发向后拢了一下，接着，在梳妆台的顶上四处找了一番，找出一只发夹来，把头发夹在脑后。"这是简，这是爱娃。"她指着另两个女孩说。简是那个额前留着短短的刘海儿的女孩，她一

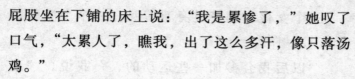

屁股坐在下铺的床上说："我是累惨了，"她叹了口气，"太累人了，瞧我，出了这么多汗，像只落汤鸡。"

"有没有听说过除臭香水？"爱娃开玩笑地说。简对爱娃吐了吐舌头。

"快换衣服，"狄尔德命令她们俩，"我们只有十分钟的时间。"

"十分钟后干什么？"简问道，弯下腰按摩着自己的小腿肌肉。

"你忘了四圈游泳比赛了？"狄尔德回答。

"哇，哇，"简跳了起来叫道，"我真的忘了。"她急忙走向梳妆台，"我的游泳衣呢？"

爱娃紧随着简也忙碌起来。她们开始疯狂地翻她们的抽屉。

狄尔德转身问我："你想参加四圈游泳比赛吗？"

"我……没有游泳衣。"我回答。

她耸了耸肩，"没问题，我大约有一打游泳衣。"她打量着我，"我俩的尺码差不多，我只是略高一些。"

"我喜欢游泳，"我告诉她，"也许，我只是去游泳池游一会儿。"

"啊？不参加比赛？"狄尔德叫道。

33

　　三个女孩全都转过身看着我，一个个满脸疑惑。

　　"以后我会参加一些运动的，"我说，"现在，我只想跳下去游一会儿，凉快凉快。"

　　"但是——你不可以这样！"简叫道。她目瞪口呆地望着我，好像我一时间长出了第二个脑袋。

　　"不行！"爱娃也摇着头说。

　　"你必须参加比赛，"狄尔德加了一句，"你不能只是游着玩玩。"

　　"只求最佳。"爱娃背诵道。

　　"对，只求最佳。"简附和道。

　　我被搞糊涂了，"你们说什么啊？"我问，"你们为什么老是说这话？"

　　狄尔德抛给我一件游泳衣："穿上它。我们要迟到了。"

　　"但是……但是……"我咕哝着。

　　三个女孩急急忙忙地穿上了她们的游泳衣。

　　我明白我已经没有其他选择了。我走进卫生间，开始换衣服。

　　但是有一些问题一直在我的脑子里打转，我真的很想要她们回答我。

　　我为什么一定得参加比赛？我为什么就不可以只是游一会儿玩玩？

为什么每一个人都要反反复复地说"只求最佳"？

他们是什么意思？

第 八 章

巨大的蓝色游泳池在明媚的阳光下闪烁着光芒，太阳在头顶上高高地悬挂着。水泥地灼疼了我赤裸的双脚，我急不可耐地想跳进水里去。

我用一只手放在额前遮光，四处寻找艾略特。但是，在一大群等待看比赛的孩子们中间我找不到他。

艾略特也许都已经参加完三项运动了，我告诉自己。对我的弟弟来说这里想必是最完美的理想营地了！

36

我注意地看了看站成一排等待参加四圈游泳比赛的女孩们，我们全都站在深深的池边，等待着跳

进池里去。

我默默地数了数，至少有二十多个女孩参加这次比赛。游泳池很宽，足够我们所有的人排成一行在池里齐头并进。

"嗨，你穿我的泳衣漂亮极了，"狄尔德说，她的绿眼睛盯着我看，"你应该把你的头发扎到后面去，否则会影响速度的。"

哇，我想，狄尔德真是很在意输赢啊。

"你游得好吗？"我问她。

她重重地拍打了一下她的腿肚子，"我是最好的！"她回答，微微一笑，"你怎么样？"

"我从没有参加过正式比赛。"我告诉她。

游泳池的管理员全都是年轻女子，她们都穿着三点式白色泳装。我看到哈丽坐在对面的泳池边，和一个管理员正说着什么。

一个红头发的管理员走到泳池边，吹响了哨子，"都准备好了吗？"她叫道。

我们大声回答说已经准备好了。于是，一长排女孩渐渐安静下来了。我们转身面向游泳池，倾身向前，准备跃入水中。

脚下的水闪烁着微光，太阳火辣辣地照在我的背上和肩上，我感到自己快要融化了，急不可耐地想跳入水中。

37

哨子响了，我向前一跃，深深地潜入水中。

灼热的皮肤猛地浸入清凉的冷水之中，简直让我透不过气来。我奋力划动双臂，向前游去。

选手们的臂、腿击水的声音真大，听上去就像是一条瀑布悬空而落。我把脸埋入水中，冰冷的水使我感到亢奋。

我扭头瞥见狄尔德紧跟在我后面，她游得很有节奏感，双臂和腿的划动优雅舒畅。

我扫了一眼泳池，意识到我已游在大家的前面。我要赢得这场比赛了。

我游到了泳池的另一头，用力蹬了一下池壁，一个急转身，借力反弹。当我开始往回游时，我发现其他的女孩才刚刚靠近泳池壁。

我更加用力地向前游去。我的心开始急速地跳动。

我明白我会很容易赢得第一圈。但是，还有三圈要游!

三圈……

我突然明白了我有多笨。其他女孩都按着她们自己的步调游着，她们都没有用上全速，因为她们都清楚那是四圈的比赛。

假如我这样游下去，我不可能坚持到最后两圈。

我深深地吸了口气，然后慢慢地吐出。

慢慢地……慢慢地……

这是关键。

我放慢了腿上击水的动作，手臂伸出很快，收回很慢；深深地吸气，长长地、慢慢地吐气。

当我折回，开始游第二圈时，有几个女孩已经与我并肩。当狄尔德游上来时，我和她对了一下眼。

她从没有打乱她那平稳的节奏。划水，划水，吸气，划水。

在狄尔德的另一边，我看到简游得相当自如、舒坦。简瘦小轻盈，好像在水上漂着似的。

游到第三圈的时候，我始终与狄尔德保持一定距离。我必须有意识地保持平稳的慢速，就像是一个机器人，在执行一个慢速程序。

狄尔德在我前面早几秒触壁折回，开始游第四圈。我看到她转身后，表情有了变化，眯细了眼睛，绷紧了脸。

我明白狄尔德真的很想获胜。

我没有把握能否追上她，能否打败她。

我转身折回，加速。

手臂划痛了，我不在乎。

左腿抽筋了，我也不在意。

我猛力向前，腰部发力，拼命击水。双手插入水中，果敢有力。

加速。

我瞥见简落到后面去了。超过她时，我看见失望挂在她的脸上。

全速向前，双臂、双腿一起用力，在水中犁出一道道银沟，翻出一阵阵浪花。溅水声很响，快要淹没了泳池四周围观的孩子们的加油声。

我的心急剧地跳动，胸口好像要炸开了。

我的双臂酸痛，好像每一只手臂上都挂上了千斤负担。

加速……

我奋力向前，靠近了狄尔德。又近了一点儿。我已经与她非常接近了，甚至可以听到她的喘息声。

我看了一眼她的脸，神情凝重。

她真像艾略特，把输赢看得这么重。

我常让艾略特在游戏中获胜，因为他比我更看重输赢。看来狄尔德也和艾略特一样。

我俩快游到深水区的时候，我让狄尔德游到我的前面。

40

我明白这对她来说有多重要，我看到她为了赢得第一，最后的几下划动是如何的竭尽全力。

有什么了不起的，我想，得个第二也没什么错。

狄尔德赢得了比赛，我听到一阵阵欢呼声。

我触到了泳池壁，接着，沉入水中，反身一蹬，抓住泳池边。

我感到身上到处都痛，还全身发颤。我大口大口地喘着气，闭上眼，用双手把头发向后拢，挤去了头发里的水。

我的双臂是这样的乏力酸痛，几乎没法撑出泳池。我是最后一批爬出泳池的人。

其他人早已经围住了狄尔德。我从一群姑娘中间挤了进去，想看看发生了什么事情。

我的眼睛有点痛，于是用手把眼中的水抹去，这才看到那个红头发的管理员正把什么东西递给狄尔德，那是一个金光闪闪的东西。

大家都欢呼起来了。接着一圈人散去，姑娘们向四面八方散开了。

我向狄尔德走去，"干得好！"我说，"我追得很紧，但是你真的游得很快。"

"我在学校的时候是游泳队的。"她回答道，举起管理员给她的金光闪闪的东西。

现在我能看得很清楚了。这是一个闪着金光的硬币，上面刻有微笑着的果冻国王的头像。我看不清楚沿硬币外圈刻的字，但我能猜出那上面刻了些

41

什么。

"这是我得到的第五块国王金币！"狄尔德骄傲地说。

她为什么为此如此激动？我真不明白。这不是真的钱，也许还不是真金的。

"什么是国王金币？"我问道，那块金币在阳光下闪烁发光。

"假如我再赢得一块国王金币，我就可以加入胜利者大游行了。"狄尔德说。

当我正要问她胜利者大游行是怎么回事的时候，简和爱娃正好跑来庆贺狄尔德获胜，她们三人马上说开了。

我突然想起我的弟弟，艾略特在哪儿？我不知道他一直在干什么。

我离开了狄尔德和别的姑娘，往游泳池的出口处走去。但只走了几步，就听到有人在叫我的名字。

我一转身，看到哈丽向我跑过来。她那涂了紫色唇膏的嘴嘟着，一脸的不高兴。她对我说："温迪，你最好跟我来。"

我的心一跳："啊，什么事？"

42

"恐怕有一个问题要和你谈清楚。"哈丽慢慢地说。

第九章

是不是爸爸妈妈出事了？

这是我脑海中闪出的第一个念头。

"出了什么事？"我叫道，"是不是我的爸爸妈妈出事了？他们没事吧？他们是不是……"

"我们还没有找到你们的父母。"哈丽说，她把一块毛巾披在我发抖的肩上，接着，引我到泳池边的一张凳子前。

"是不是艾略特？"我大叫，一屁股坐在她的旁边，"他出什么事了？"

哈丽用一条手臂拥着我的肩，俯身靠近我，她的棕色眼睛凝视着我。

"温迪，我要说的事情是，你没有真的竭尽全力去赢得这场比赛。"她说。

我狠狠地咽了一下口水："什么？"

"我注意着你，"哈丽继续说，"我看到你在最后一圈时放慢了速度。我认为你是不想得到第一。"

"但是……但是……"我语无伦次地说。

哈丽继续盯着我，眼睛都不眨一下，"我说得对吗？"她轻声责问道。

"我……我不习惯游这么长距离，"我结结巴巴地说，"这是我第一次参加比赛，我想我不是……"

"我知道你是营地新来的，"哈丽说，一边把一只苍蝇从我的腿上赶走，"但是你是知道这个营地的口号的，是吗？"

"当然，"我回答，"哪里都能看得到！但是，'只求最佳'到底是什么意思？"

"我想这是一种警告，"哈丽回答，她若有所思，"这就是我为什么现在要找你谈话的原因，温迪。"

"一种警告？"我大声说道，我觉得更糊涂了，"警告什么？"

44

哈丽没有回答，脸上露出勉强一笑，站了起来："回头见，好吗？"

　　她转身匆匆走了。

　　我把毛巾紧紧地箍在肩上，开始往回走，回宿舍换衣服。经过网球场时，我还在苦思冥想哈丽说的警告是什么意思。

　　为什么赢得这场比赛对我来说这么重要？

　　就为了能得到一块刻有满脸斑点的、紫色国王头像的金币？

　　为什么我要在乎能不能赢得这块金币？为什么我就不能只是玩玩儿，只是交交新朋友，只是放松放松？

　　为什么哈丽要说她是在给我一个警告？警告什么？

　　我摇了摇头，想把所有这些迷惑不解的问题甩到脑后。我曾从我的一些朋友那里听说过运动营地的事情，他们从运动营地回家后都说，有些营地真的很苦，那里的孩子全都是十足的运动狂，只想赢、赢、赢。我猜想这儿也是这种类型的营地。

　　哦，好吧，我想，我没必要喜欢这个营地。爸爸妈妈很快就会到这儿来，把我和艾略特带走了。

　　我一抬头，看见了艾略特。

　　他四肢叉开，脸朝下趴在地上，手脚笨拙地伸展着，双眼紧闭着。

　　看上去完全没有了知觉。

第十章

"啊！"我发出又惊又怕的悲鸣。

"艾略特！艾略特！"我跌倒在他的身边。

他坐了起来，向我露齿一笑，"这样的当你要上几次？"他问道，开始放声大笑。

我在他的肩上尽力狠打："你这个讨厌鬼！"

这使他笑得更起劲了。每当他把我耍弄得像个大傻瓜时，都会得意非凡的。

为什么我总是上这种愚蠢玩笑的当？艾略特老是让我进圈套，而我却总是会相信他真的晕过去了。

"我再也不会上这种当了，再也不会了！"我叫道。

艾略特站了起来，"来，去看我打乒乓球，"他用力拉着我的手说，"我正在比赛，我要打败杰夫那小子。他自认为打得不错，因为轮到他发球，他会发转球，但是他的球却臭得可怜。"

"我不能去，"我回答，挣脱了他的拉扯，"我浑身都湿了，要去换衣服。"

"去看吧，"他坚持着，"不要很长的时间，我真的很快就能打败他。好不好？"

"艾略特——"我想他自然十分兴奋。

"假如我打败了杰夫，我就会赢得一块国王金币，"他宣称，"然后，我还要再赢五块，在爸爸妈妈来找我们以前，我要赢到六块，这样就可以加入到胜利者大游行的行列了。"

"祝你好运吧！"我一边用毛巾擦干湿头发，一边咕哝道。

"你参加了游泳比赛了吗？赢了没有？"艾略特问，一边还在用力拉我的手。

"不，我是第二名。"我告诉他。

他偷偷地笑了。"你是一个失败者！来吧，瞧我怎样战胜那小子。"

我转动了一下眼睛："好吧，好吧。"

艾略特拉我走到室外的一排乒乓球台边，有一

个大大的白色帆布遮棚为其遮阳挡雨。

　　他急急忙忙走到最后一张乒乓球台边，杰夫已经在那里等他了，手中正拿着乒乓球板优雅地一上一下地弹着玩。

　　我曾见过一个被艾略特轻而易举打败的瘦弱孩子，但这个杰夫是个牛高马大、红脸膛、肌肉发达的金发小子，他的个头足足是我弟弟的两倍！

　　我拣了一张白色的木椅子坐下，坐在那里，交战双方都能看得清清楚楚。

　　我想，艾略特不可能打败这个大个子，我可怜的弟弟一定会惨败一场。

　　当他们要开始比赛时，巴笛走过来，坐在了我的身边。他对我笑了笑，"没你父母的什么消息，"他说，"但是我们会找到他们的。"

　　我们开始看比赛。杰夫发转球，艾略特把它挡了回去。

　　出乎我的意料，这场比赛真的很激烈。我想杰夫也一定很吃惊。他的回球越来越猛烈，好多次发球竟然都发出界了！

　　他俩实际上已经比了两局了。巴笛告诉我，杰夫赢了第一局，艾略特赢了第二局。这是第三局，决胜局。

　　十六平，十七平，十八平。

　　我看见艾略特越来越紧张，他是拼了命也想赢这场球的。他整个身子倾向乒乓球台，显得十分僵硬，手握球拍握得那么紧，都发白了。

　　他的前额冒出汗来了。他开始又挡又击，每击一次球，口里就会叫一声。每一个球都想一次打死对方。

　　艾略特越是急躁、发狠，杰夫越是镇静。

　　已经打到十九平了。

　　艾略特一次扣球失误，他狠狠地用球拍击打乒乓球台。

　　我能料到，他将输掉这局比赛。这样的情况我以前曾多次看到过。只要他陷入这种状态，他就没法赢。

　　当他拿起球准备发球时，我把两个手指塞进嘴的两边，用力一吹。他听到了我响亮的口哨声，当即停下了球拍。

　　那是我在发信号。我以前曾试过多次。它的意思是"冷静些，艾略特，镇静下来"。

　　艾略特转过身来，向我快速地伸了一下大拇指。

　　我看见他深深地吸了口气，然后，又吸了一口气。

　　我的口哨暗号总能帮他的忙。

49

他抛起球，向杰夫发球。杰夫轻挡了一个，艾略特把球扣到了球台的右角上。杰夫回球时失去了平衡，把球打出了界外。

接下来是杰夫发球。艾略特回球很轻，球擦网而过，在杰夫这边的桌面上弹跳了好几次。

艾略特赢了！

他爆发出一声欢叫，举起双拳庆祝胜利。

杰夫狠狠地把球拍摔在地上，跺着脚走了。

"你的弟弟真是好样的，"巴笛说着，站了起来，"我喜欢他的风格，他拼劲十足。"

"那当然。"我喃喃地说。

巴笛疾步上前，奖给了艾略特一块国王金币。"嗨，小伙子——你只要再赢五块。"巴笛说，一边与艾略特一上一下击掌庆贺。

"没问题。"艾略特吹起了牛。他高高地举起金币，以便我能看到它。那个刻在金币上的果冻国王的头像正冲着我微笑呢。

这个营地为什么要拿这么个圆圆的、愚蠢的小东西当做吉祥物呢？我又一次产生了疑惑。它看上去就像是一块带着王冠的厚布丁。

"我要去换衣服了。"我对艾略特说。

他把金币塞进短裤口袋，"我要再去找一项运动！"他说，"今晚我要再赢一块金币！"

我挥手向他告别，向宿舍走去。

但是，我只走了几步，就听到低沉的隆隆声。

接着，大地开始震动。

我惊呆了，全身都僵硬了，隆隆声更响了。

"地震了！"我大叫。

第十一章

　　大地震动得厉害。乒乓球台上面的遮阳棚在震动，地上的乒乓球台也在颤动。

　　我的膝盖发软，我拼命挺住不让自己倒下来。

　　"地震了！"我又大叫了一声。

　　"不要紧的！"巴笛一边叫，一边向我跑来。

　　他说得没错，隆隆声很快减轻了下来。地也不震动了。

　　"这儿有时候是会这样的，"巴笛解释道，"不会出事的。"

　　我的心还在胸口怦怦地跳，我的腿颤抖得厉害，就像是橡皮做的。"不会出事？"

"看到没有？"巴笛指着熙熙攘攘的营地。地震只持续了几秒钟。

我飞快地向四周扫了一眼，巴笛又说对了。正在宿舍楼前进行国际象棋比赛的孩子们，甚至都没有从他们的棋盘上抬起头来看一眼；游泳池另一边的草地上，踢球的孩子们还在踢球，也没有停下来。

"这儿一天中经常会震动一两次。"巴笛告诉我。

"那，怎么会这样？"我追问道。

他耸了耸肩："你可把我难倒了。"

"但是——所有的东西都震动得这样厉害，难道不会有危险？"我问。

巴笛没有听到我的话，他早就跑着去看足球比赛了。

我转身向宿舍走去，我感到还有一些震动，耳中还能听到奇异的隆隆声。

我推开宿舍的门，没想到简和爱娃在里面。她们都已经换上了白色的网球装，肩上都扛着网球拍。

"你都参加了些什么运动？"

"你赢到金币了吗？"

"你觉得好玩吗，温迪？"

53

Goosebumps

"你打网球吗？"

她们俩快言快语，喷出一大堆问题。看来她们真的很兴奋，根本不给我机会回答她们的问题。

"我们还要邀一些女孩来参加网球比赛，"爱娃说，"我们有一项持续两天的比赛。午饭后去球场，好吗？"

"好吧，"我同意了，"我打得不好，不过——"

"回头见！"简叫道。她们俩匆匆忙忙地走了。

其实，我是一个相当不错的网球运动员，能发一手好球，而且还会双手握拍，打出反手击球。

当然，我也不是战无不胜的。

在家里的时候，我和我的朋友爱丽森常常打球玩儿。我们彼此都不想一球扣死对方，有时候只是一来一去地对打，甚至根本就不记比分。

我决定去参加网球比赛，假如我第一盘就输了，也没什么大不了的。况且，我对自己说："爸爸妈妈随时都会来这儿。他们一来，艾略特和我就要离开这儿了。"

爸爸妈妈——他们的脸在我的脑海中闪现。

我猜想得到，他们一定急坏了，一定担心得要命。但愿他们一切都好。

突然，我有了一个主意。

我决定往家里打电话。我早就应该想到这一

54

招。我打电话到家，把话留在电话留言机上，在留言机里告诉爸爸妈妈我和艾略特现在在哪儿。

不管爸爸去哪儿，他都会每小时查听留言机。妈妈还常和他开玩笑，说他神经过敏，总害怕错过任何一个电话。

但是，他们俩听到我的留言后会多么高兴！我对自己说。

多么好的主意！我暗自庆幸。

现在，我只要一部电话。

宿舍里一定有电话，我想。我搜遍了小小的前厅，但是没有看到一部投币电话。

前台也没有人，没人可问。

我扫视长长的走廊，走廊两边都是房间，也没有电话。

我试着探看另一条走廊，那儿也没有电话。

我急着要打电话，便转身匆匆走到外面。当我在长长的宿舍楼边上发现了两部投币电话时，不禁长长地舒了一口气。

我拿起电话，尽量靠近，然后，举起话筒放到耳朵边——

——突然，两只强壮有力的手从我身后抓住了我。

"放下电话！"一个声音命令道。

55

第十二章

我吓得大声尖叫，摔掉了电话。话筒悬在电话线上一个劲地乱转。

我来了个三百六十度大转身，"狄尔德！你把我吓得半死！"我叫道。

她的绿眼睛兴奋地一闪一闪的："对不起，温迪，我只是要告诉你，我有一条大新闻！瞧！"

她伸出手来，我看到一堆国王金币。

"我刚刚赢得第六块金币！"狄尔德气喘吁吁地说，"厉害不厉害？"

56

"我……我想是吧。"我回答的口气并不确定。我还是弄不明白赢得金币有什么大不了的。

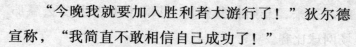

"今晚我就要加入胜利者大游行了！"狄尔德宣称，"我简直不敢相信自己成功了！"

"了不起，"我对她说，"祝贺你。"

"你赢得国王金币了吗？"狄尔德问道，她的手平摊着，依然没有收回。

"嗯……还没有。"我回答。

"没关系，去赢几块来！"狄尔德催促道，"让他们看看你能赢，温迪。只求最佳！"她用她另一只没拿金币的手，向我翘了翘大拇指。

"好吧，只求最佳！"我重复了一遍。

"我们要开一个庆祝会，"狄尔德继续说，"在我们的房间，胜利者大游行一结束就开，好吗？我们要好好庆祝一番。"

"太好了！"我回答，"也许我们还能从食堂里搞到一只比萨饼什么的。"

"通知简和爱娃，"狄尔德吩咐道，"或者我来通知她们。谁先看见她们谁先说。回头见！"

她跑远了，六块金币还紧紧地握在她的手心里。

我感觉得到自己正在微笑。狄尔德太兴奋了，把我也煽动得兴奋起来了。兴奋之中，竟把打电话的事全给忘了。

我决定，认认真真在这个营地待一段。我必须

鼓起劲来，开始找些乐趣。只求最佳！我要去赢那场网球比赛。

我们都在营地的主楼大食堂里的长木桌上吃饭。食堂里的天花板很高，长长的，似乎无穷无尽地一直向前伸展。

闹声和笑声在四周的墙上回荡，盖过了盘碟与银餐具的碰撞声。每个人都有事情要说，每个人都想说说这一天的比赛。

饭后，管理员们带我们到了跑道上。我放眼寻找艾略特，但是没能在人群中找到他。

这是一个晴朗暖和的夜晚。淡淡的银色月光泻到黑黝黝的树上，太阳下山后，天色渐暗，先是粉红色，后来变为紫色，最后成了灰色。

当夜幕降临时，我看见远远的跑道尽头有两点黄色亮光，正一闪一闪地向我走来。当他们走近时，我看见是两个管理员，手中握着火把。

一阵嘹亮的喇叭声使我们都安静了下来。

简就站在我的身边，我靠近她，悄声说："他们真的想大办特办了。"

"这本来就是一件大事。"简回答，她的眼睛凝视着前方，看着火炬越来越近。

58

"我们待会儿的庆祝会有什么吃的？"我小声问。

简伸出一个手指放在唇上："嘘——"

又有几支火炬亮了起来，一团团黄色的光，亮得像一轮轮小太阳。

我听到一阵击鼓声，接着，从扩音器里传出一串嘹亮的军号声，于是，所有的喇叭吹了起来，所有的鼓敲了起来。

我们静静地站在那里，火炬游行的队伍从我们身边经过。于是，在闪烁着的黄色光亮下，我看到了一张张脸，那是当天赢得第六块国王金币的孩子们的笑脸。

我数了数，一共有八个孩子，五个男孩，三个女孩。

金币在他们的脖子上晃动着，就像带着的一串串项链。当队伍经过我们面前时，我看到金币映射着火炬的灯光，使得这些获胜者的脸也显得容光焕发。

狄尔德走在队伍中的第二位。她看上去极其快活、激动。她脖子上的金币互相碰撞，丁东直响，她的脸上一直挂着笑容。

我和简向她挥手、呼叫，但是她径直走了过去。

突然，从扩音器里传出一个管理员的大声叫喊："让我们为今晚胜利者大游行的获胜者们欢

呼！"

震耳欲聋的欢呼声从看游行的孩子们中腾起，拍手声、尖叫声和口哨声响成一片，欢呼声持续不断，一直到获胜者的队伍走完，管理员们也消失在人们的视野之外。

"只求最佳！"扩音器里一个声音大叫。

"只求最佳！"我们全都跟着大叫，"只求最佳！"

胜利者大游行就这样结束了。灯光继续亮着，我们各自向宿舍走去。男孩子们走向一个方向，女孩子们走向另一个方向。

我和简随着一群女孩向回宿舍的路上走去，我对她说："火炬真酷。"

"我只要再赢两块国王金币，"简回答，"说不定我明天就会赢到。你会参加垒球比赛吗？"

"不，我参加网球比赛。"我告诉她。

"网球好手太多了，"简说，"要想赢得一块金币太难了。你也应该参加垒球比赛。"

"好吧，再说吧。"我回答。

爱娃早已经在房里等待着我们了。"狄尔德去哪儿了？"我和简一进门她就问。

"我们没见到她。"简回答。

"可能被其他获胜者叫住了。"我又说。

"我弄到两袋玉米薄片，可是没弄到蘸料。"爱娃报告道，一边举起那两个袋子。

"有什么喝的？"我问。

爱娃举起两罐可口可乐。

"哇！盛大聚会！"简又叫又笑。

"我们要不要邀请一些别的房间的女孩？"我提了一个建议。

"不要！这样我们可以独吞可乐！"简反对道。

我们一起大笑起来。

我们三人又笑又闹，大约过了半个小时，一直等着狄尔德。我们坐在地板上，打开了一袋玉米薄片。

不知不觉中，我们把一袋玉米薄片吃完了。大家还你一口我一口地把一罐可乐喝了。

"她去哪儿了？"简说，同时看了一下表。

"快熄灯了，"爱娃叹了一口气，"我们没多少时间开庆祝会了。"

"有可能狄尔德把这事给忘了。"我说着把装玉米薄片的袋子揉成一团，扔向了废纸篓。

没扔进去。篮球肯定不是我的强项。

"但是，开庆祝会可是她的主意！"爱娃说，她爬了起来，开始来回踱步，"她会在哪儿呢？现

在大家都回屋了。"

"我们去找她吧。"我的话脱口而出。我有时会这样,会不假思索地随口说出一个好主意。

"对!我们走!"爱娃急着表示同意。

"喂,等一等,"简抢在我们前面,堵住了门,"我们不会被允许的,你们知道这是纪律。十点以后是不允许我们外出的。"

"我们偷偷地溜出去,找到狄尔德,再偷偷地溜回来,"爱娃说,"来,简,不会有什么事的。"

"对,会有什么事儿呢?"我插了一句。

简拗不过我们俩,"好吧,好吧,但愿我们不要被逮住。"她嘟囔说,一边跟随着爱娃和我向门口走去。

"会出什么事情呢?"我问自己,率先跨进了空无一人的楼道。

"还能出什么事呢?"当我们溜出大门,步入夜色之中时,我又问了自己一次。

"能出什么事呢?"

我当时不知道。但是,这个问题的答案竟是:很多!

第十三章

夜已经变得暖和起来了，潮气也更大了。当我蹑手蹑脚地走出屋时，整个感觉就像是在洗热水澡。

一只蚊子在我的头上嗡嗡直叫，我想用双手拍死它，但是没成功。

简、爱娃和我沿着宿舍楼兜了一圈，我的鞋在沾满露水的草上直打滑。明亮的聚光灯从树丛的上方照下来，路上亮堂堂的。

我们悄悄地走进了阴影之中。

"我们先到哪儿去找？"爱娃小声问。

"我们先去主楼找，"我建议，"今晚的获胜

者可能现在正在那儿开庆祝会呢。"

"我可听不见什么庆祝会的声音，"简悄声说道，"这里怎么这么安静！"

她说的没错。我只听见断断续续的蟋蟀的低鸣声和暖风拂过树丛的沙沙声。

我们顺着小路，躲在阴影之下向主楼走去。我们走过了空旷而安静的游泳池，水波在明亮的聚光灯下泛出银子般的光泽。

这真是一个又热又潮的夜晚，我真想连衣服都不脱，一纵身就跳入泳池里。

但是，我们身上担负着使命：要找到狄尔德。没时间去遐想深夜的畅游了。

我们紧紧地挨在一起，穿过一排排乒乓球台，眼前的乒乓球台使我想起了艾略特。他现在在干什么？也许正蜷伏在床上酣睡。

像所有正常人一样进入了梦乡。

我们走近了第一个网球场，突然，爱娃叫了起来："啊！向后退！"她抓住我，猛地把我推向栏杆。

我听到路上传来轻微的脚步声，有人在轻轻地哼着什么。

有一个管理员走了过去，我们三人都屏住了呼吸。他有一头黑色的鬈发，即便现在是晚上了，却

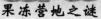

还带着一副蓝黑色的墨镜。他穿着管理员的制服，白色 T 恤衫和白色短裤。

我们紧贴着网球场的栏杆，"这是贝利，"简小声地说，"他挺可爱，整天高高兴兴的。"

"如果他抓到了我们，就不会高兴了。"爱娃说，"我们可就麻烦大了。"

他一面打着响指，一面自哼自娱地从我们身边走过。小路弯弯曲曲地通向网球场的另一边，我目送着他逐渐消失。

我深深地吸了口气，要知道整个过程中我一直都不敢呼吸！

"他要去哪儿？"爱娃感到奇怪。

"也许他是去主楼参加庆祝会的。"我猜想。

"我们怎么没问问他。"简开玩笑道。

"是啊。"我随口附和。

我们往小路的两边望了望，继续向前走。

我们穿过了网球场。树丛中的聚光灯在路上投下了长长的影子，树枝在风中摇曳，影子也飘忽不定。它们就像是一群黑色的精灵，在地上不断地滑行。

尽管是一个炎热的夜晚，我还是打了一个寒战。

踩在这些移动不定的影子上面，真有些毛骨悚

65

然。我有一种感觉，好像这些影子中突然有一个会站起来，抓住我，把我拖下去。

真是不可思议的念头，是不是？

这时，我回头看了看宿舍窗口的灯光，开始熄灯了，灯灭了。

我拍拍简的肩，她也回头看了一下宿舍。当灯全灭了的时候，整个宿舍楼就好像在我们眼前消失了一样，消失在夜空的黑暗之中了。

"我们溜出来也许不是一个好主意。"我悄声说。

爱娃没有做声。她咬着下嘴唇，眼睛扫视着黑暗的四周。

简笑了起来，"现在可不能胆小怕事，"她指责道，"我们都快到主楼了。"

我们穿过足球场，主楼坐落在低矮的小山坡上，被野生的老枫树和檫树所遮掩。

我们没往山上爬多久，就看到主楼像我们的宿舍一样沉浸在一片黑暗中。

"那里没有什么聚会。"我小声说。

爱娃叹了口气，失望地说："那么，我们去哪儿找狄尔德呢？"

66

"我们能在男生宿舍里找到她！"我开玩笑说。

她们都大笑起来。

我们的笑声被一阵巨大的震动声打断，声音离我们非常近。

"什么声音？"爱娃叫道。

"啊！"我抬起眼睛看到了它们，发出一声低微的惊叫。

天上密密麻麻的全是蝙蝠，一大片黑色的蝙蝠。

它们在苍老的树丛中，在聚光灯下飞舞着，然后——猛地向我们俯冲下来。

第十四章

我吓得手足无措，放声尖叫。接着，用双手捂住了脸。

我听到简和爱娃在大口喘气。

蝙蝠翅膀拍打的声音越来越大，越来越近。

我感到蝙蝠呼出的热气直冲我的脖子，接着又感到它们在抓我的头发，撕我的脸。

只要一说到蝙蝠，我就会有特强的想像力。

"温迪，好了，没事了。"简小声地说，她用力把我的手从我脸上拉了下来，边指边说，"看。"

我顺着她指的方向，抬头凝视着那些鼓动着的

黑色翅膀。蝙蝠俯冲得很低，但并不是冲向我们，而是停在了山脚下的游泳池边。

在明亮的聚光灯下，我看到蝙蝠正俯冲掠过水面，瞬息间又展翅飞向天空。

"我……我不喜欢蝙蝠。"我小声说。

"我也不喜欢，"爱娃坦言，"我知道大家都说它们是好的，我知道它们吃小虫子，但是我还是觉得它们叫人毛骨悚然。"

"好了，好了，它们又不妨碍我们，"简说，"它们正在喝水呢。"她推了一下我和爱娃，我们开始往山下走去。

我们还算幸运，没人听到我们的尖叫声。但是，我们还没走几步，就发现又有一个管理员迎面走来。我认出了她。她带着一顶蓝色的垒球帽，淡淡的金色头发从帽子里泄出，乱糟糟地垂到了腰间。

我们三人悄无声息地躲到高高的常青灌木丛中，蹲了下来。

她看到我们了吗？

我又一次屏住呼吸。

她继续往前走去。

"这些管理员都去哪儿啊？"爱娃小声地说。

"让我们跟着她。"我建议。

69

"不要跟得太近。"简建议道。

我们慢慢地从地上站起来，从灌木丛中跨了出来。

突然，我们听到一阵低低的轰轰声，于是又停了下来。

轰轰的声音越来越大，大地开始震动。

我瞥见我的两个朋友脸上露出了惊慌失措的表情，爱娃与简都像我一样害怕。

地震动得更厉害了，我们都站不住了。我倒了下来，四肢伏地，用手抓住了草。大地颤抖摇动，轰轰声变成了隆隆声。

我闭上了眼睛。

隆隆声慢慢地小了下来。

大地最后颤抖了一下，然后平息了下来。

我睁开眼睛，转身看爱娃和简，她们开始慢慢地站起身来。

"我讨厌这样！"简喃喃地说。

"这是怎么回事？"我悄声问道，颤巍巍地站了起来。

"鬼知道，"简回答，一边拍去粘在膝盖上的草，"常常这样，一天有好几次。"

70

"我想，我们该放弃找狄尔德了，"爱娃静静地说，"我想回去了，回宿舍。"

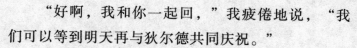

“好啊，我和你一起回，”我疲倦地说，“我们可以等到明天再与狄尔德共同庆祝。”

“她会告诉我们，今晚她都在哪儿，干了些什么事。”简说。

“出来找她可真是一个糟糕透顶的主意。”我喃喃地说。

“这可是你出的主意！”简叫道。

“我的主意大多糟糕透顶！”我回答。

我们躲在阴影里往回走，我瞅了一眼游泳池，蝙蝠已经不见了。也许刚才的隆隆声把它们吓回了树林。

蟋蟀已经停止了鸣叫，天气还是很热，但四周寂静无声。

只有我们的运动鞋走在软软的泥路上发出的声音。

接着，听到了脚步声，我们已经来不及躲起来或者跑开了。

很快的脚步声，跑得很快，直向我们跑来。

突然，我听到了一个女孩绝望的呼救声，我马上停住了脚，“救救我，有人吗？救救我！”

第十五章

一阵热风吹来，树木纷纷摇曳不定，使得地上怪诞的黑影随之起舞。

我向后一跃，被那女孩恐怖的叫声吓了一跳。

"救救我！快……"

她沿着网球场的边跑来，穿着一条紧身蓝色超短裤，一件洋红色的露脐装。

她的双臂直伸向前，长长的头发在她的脑后狂乱地飘舞。

我一见到她就认出来了。

这个满脸雀斑的红发小女孩，就是躲在树后警告我和艾略特不要进营地的那个女孩。

"救救我！"

她一直向我跑来，边跑边哭得很厉害。我伸出手臂抱住她瘦小的双肩，"没事了，"我小声地说，"你没事了。"

"不！"她尖叫着，奋力想挣脱出来。

"出什么事了？"简问道，"你怎么在这儿？"

"你为什么不去睡觉？"爱娃走到我旁边，也问道。

小女孩没有回答，她全身都在发抖。

她抓住我的手，把我拉到路边的矮灌木丛后面，简和爱娃也跟了上来。

"我遇到麻烦了，"她开始说，一边用两只手擦去脸上的泪水，"麻烦大了……"

"你叫什么名字？"简小声问道。

"你怎么跑到这儿来了？"爱娃又问了一句。

我又听到了蝙蝠翅膀扇动的声音，就在我们的头顶上，但是我把眼睛盯住小女孩，强迫自己不去想它。

"我叫爱丽莎。"小女孩边哭边回答，"我们得快点儿走，快！"

"什么？"我叫道，"深呼吸，爱丽莎，你没事了，真的。"

73

"不。"她又叫道，摇着她的手。

"你现在安全了，你和我们在一起。"我强调道。

"我们都不安全，"她叫道，"没有一个人安全，这儿没有一个人安全。我曾经警告过大家，我还告诉过你……"她的话又一次因为哭泣而中断。

"怎么回事？"爱娃问。

"你要警告我们什么？"简问道，向这个哭泣的女孩弯下腰去。

"我……我看到了一些可怕的事情！"爱丽莎结结巴巴地说，"我……"

"你到底看到什么了？"我不耐烦地问。

"我跟着他们，"爱丽莎回答，"于是，就看到了。是一些可怕的事情。我……我讲不清楚。我们只有快跑，我们必须告诉其他人，告诉每一个人。我们必须跑，我们必须离开这儿。"

她长长地吐了一口气，全身又开始发抖。

"但是，我们为什么要跑？"我问，把我的双手轻轻地放在她的肩上。

我感到无能为力。我想告诉她什么事都会平安地过去的，但是我不知道怎样安慰她。

她看到什么了？有什么事情让她怕成这个样子？

她是不是在做噩梦？

　　"我们必须现在就跑！"她尖声重复道。她的红头发被泪水沾在了脸上，她抓住我的手臂，拼命地拉着，"快点！我们快跑！我看到了……"

　　"看到什么了？"我叫道。

　　爱丽莎还没回答。

　　一个黑头发的管理员出现在灌木丛前面，"抓到你了！"他叫道。

第十六章

我呆住了，全身发冷。

管理员那黑色的眼睛在手电筒的亮光中闪闪发光。"你在这儿干什么呢？"他问道。

我深吸了口气，刚要回答。

可是另一个声音抢在我前面回答了。"有点多管闲事儿吧，你？"这是另一位管理员，是一位留着黑色短发的女士。

我在灌木丛后躲得更低些，喘着粗气，试图不发一声。我的两个朋友趴在了地上。

"你不会是在跟踪我吧，是吗？"第一个管理员开玩笑地说。

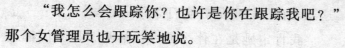

　　"我怎么会跟踪你？也许是你在跟踪我吧？"那个女管理员也开玩笑地说。

　　他们没看见我们，我很高兴。我们离他们只有两英尺远，可是我们藏在树丛后，他们没看见。

　　几秒钟后，两位管理员一起走开了。我和我的朋友们等了很久，直到我们再也听不见他们的说话声，才慢慢地站了起来。

　　"爱丽莎，"我问道，"你还好吗？"

　　"爱丽莎。"爱娃和简也叫道。

　　那个小女孩消失了。

　　我们从边门偷偷地溜回了宿舍。真走运，前厅里没有管理员在巡视，看不见任何人。

　　"狄尔德，你回来了吗？"我们刚走进房间，简就问道。

　　没人回答。

　　我打开灯。狄尔德的床铺空着。

　　"最好关上灯，"爱娃提醒道，"已经过了熄灯时间了。"

　　我把灯关上，然后跌跌撞撞地向我的床铺摸去，一边等待着自己的眼睛能适应黑暗。

　　"狄尔德上哪儿去了？"爱娃问道，"我有点担心她。也许我们应该告诉管理员，她不见了。"

　　"什么管理员啊？"简躺倒在她的床上问，

77

"这儿现在没管理员。他们都到外面去了。"

"我肯定她是在什么地方快活呢，把我们都忘了。"我打着哈欠说道。我弯腰去把床上的被子拉开。

"你觉得那个小女孩看见了什么？"爱娃看着窗外问道。

"爱丽莎吗？我觉得她做了个噩梦。"我答道。

"可是她被吓坏了！"简摇着头说道，"而且她在外面做什么呢？"

"还有，她为什么那样跑开了呢？"爱娃补充道。

"奇怪。"我嘟囔道。

"奇怪就对了。"简同意我的看法——奇怪是今晚的专用词——她边向柜子走去，边说道，"我要换睡衣了。明天是个大日子，我要再赢两块国王金币。"

"我也是。"爱娃打着哈欠说道。

简打开了橱柜的一个抽屉。"哦，不！"她尖叫道，"不！我不相信！"

第十七章

"简，怎么啦？"我叫道。

爱娃和我飞快地穿过房间，奔向橱柜。

简还在那儿呆呆地看着打开的橱柜抽屉，"太黑了，"她说，"我错开了狄尔德的抽屉。结果……你看……空的！"

"嗯？"我和爱娃两个都惊得目瞪口呆。

借着昏暗的光，我眯起眼睛细细地检查了一下那个抽屉——空空的。"去看看壁橱。"我建议道。

爱娃三步并作两步地穿过房间，拉开了壁橱的门。

"狄尔德的东西——全拿走了！"爱娃大声

说。

"奇怪。"我喃喃地说。今天晚上尽在说这个词。

"她搬出去为什么不告诉我们？"简发问。

"她去哪儿了？"爱娃也说。

问得好，我想，呆呆地看着这个空壁橱。

狄尔德去哪儿了？

早饭是一天三餐中最吵闹的。勺击打饭碗的声音、装橘子水的大壶重重地放在长木桌上的声音……各种声音响成一片。

声音从四周响起，就好像有人用各种办法调高了音量。每个人都在兴奋地说着他们今天计划参加的项目，还有想要赢得的项目。我最后一个冲凉，所以当我走进大食堂时,简和爱娃早就吃完了早饭。

我一边挤过狭窄的饭桌过道，一边搜寻着狄尔德，但是没见到她的影子。

我昨晚没有睡好，尽管我真的很疲倦。我一直在想狄尔德的事——还有爱丽莎。我也一直搞不懂爸爸妈妈为什么这么长时间不和我们联系。

我看见艾略特坐在一张桌子的尽头，和一群同他年龄差不多的男孩子坐在一起。他的面前堆着一大堆威夫蛋饼，他正在往饼上面涂深色糖浆。

"艾略特——还好吗？"我一边叫着，一边从

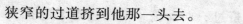

狭窄的过道挤到他那一头去。

我的弟弟没顾上说早上好，就兴奋地报告道："今天早上我要去参加一对一的比赛，我会赢得第三块国王金币的。"

"真够刺激的。"我讽刺道，朝他翻了翻白眼，"你没听到爸爸妈妈的什么消息，是吗？"

他瞪眼看着我，就像他根本记不起来他们是谁了。然后，他摇摇了头："还没有。这难道不是一个特棒的营地吗？我们的运气好极了，你还要怎样？"

我没有回答。我的眼睛落在了后面一张桌子上。我以为看见了狄尔德，但不是，是另一个杂色金发的女孩。

"你赢得金币了吗？"艾略特问，他的嘴里塞满了饼，糖浆沾在他的下巴上。

"还没有。"我回答。

他偷笑着："温迪，为了你，他们要把营地的口号改一改，改成'只求最差'！"

艾略特放声大笑。那张桌子上的孩子们也统统大笑起来。

我早就说过，艾略特总是觉得自己特幽默。

我可没心情欣赏他这种蹩脚的玩笑。我的心思还在狄尔德身上，于是，我对他说："回头见。"

　　我从饭桌前挤过，向女孩子们那边走了过去。靠墙的一张桌子边爆发出一阵欢呼声和笑声。一场互掷炒蛋的大战已经爆发，三个管理员急忙冲过去想制止。

　　简和爱娃的桌子边已经坐满了人，我发现那儿的邻桌有个空位子。我倒了一杯果汁，拿了一碗玉米片。但我并不感到很饿。

　　"嘿——"看到巴笛经过，我叫了他一声。周围太吵了，他没有听见。于是，我跳起来追他。

　　"嘿，怎么样？"他笑着与我打招呼。看来他刚洗完澡，金色的头发还是湿的。他身上有点花儿的甜味儿。我猜想，是他刮胡子后抹的香水。

　　"你知道狄尔德去哪儿了吗？"我问。

　　他惊讶地眯起了眼睛："狄尔德？"

　　"和我同寝室的一个女孩，"我解释道，"昨晚她没有回寝室，她的壁橱也是空的。"

　　"狄尔德，"他重复了一句，拼命想了一会儿，举起记事板，靠近他的脸，然后，手指慢慢地在记事板上往下移动，"哦，对了，她已经走了。"他的脸颊变得绯红。

　　"什么？"我凝视着他，"狄尔德走了？她去哪儿了？回家了？"

　　他仔细看着记事板上的纸："我想是的，这上

面记着她已经走了。"他的脸颊更红了。

"那太奇怪了,"我告诉他,"她都没说一声再见什么的。"

巴笛耸了耸肩。他的脸上露出微笑:"祝你一天愉快!"

他开始向管理员们的饭桌走去,他们的桌子在这个巨大饭堂的前头。但是我追上了他,抓住了他的手臂。

"巴笛,还有一个问题,"我说,"告诉我,我能在哪儿找到一个叫爱丽莎的女孩?"

巴笛向房间另一边的一些男孩挥着手。"去吧,去赢他们吧,小伙子们!只求最佳!"他向他们叫道,然后转过身子,面对着我,"爱丽莎?"

"我不知道她的姓,她也许六岁或者七岁。"我告诉他,"她有一头长长的、漂亮的红头发,还有,一张长满雀斑的脸。"

"爱丽莎……"他咬着下嘴唇,然后又举起了记事板。

我看着他的手指从名单上往下移动,当他的手指停住时,他的脸颊又一次变红了。

"哦,对了,爱丽莎,"他说着,把记事板放了下来,对我露齿一笑,这是一个奇怪的笑,一个令人发冷的笑,"她也走了。"

83

第十八章

"简！爱娃！"我看见她们俩匆匆忙忙地从大食堂里走出来，便急忙赶上她们，"我们必须谈谈！"我气喘吁吁地叫道。

"不行。我们要迟到了。"简用一只手拂了一下她的刘海儿，"假如我们不能准时赶到排球场，就不能参加比赛了。"

"但那很重要！"当她们向门口走去时，我想叫住她们。

可她们似乎并没有听见。我看着她们在晨光里走远了。

我的心在胸口怦怦直跳，我感到全身发冷。

　　我向我弟弟走去，他正在和一个留着金色短发、又高又瘦的男孩打拳击玩儿。"艾略特，过来，"我命令他，"就一会儿。"

　　"不行！"他叫道，"难道你忘了，我的一对一比赛？"

　　那个瘦高男孩匆匆走出了门，我走到艾略特面前，堵住了他的路。

　　"饶了我吧，"他叫道，"我不想迟到了，我要和杰夫比赛！还记得他吗？他虽然个子大，但动作真的很慢。"

　　"艾略特，这儿有些事情一直很奇怪。"我说着，一边把他推向墙根处。向外走的男孩子们都看着我们，但我管不了这些了。

　　"你才是最奇怪的！"艾略特立刻回击，"你还让不让我去篮球场？"

　　他想推开我，我用双手压在他的肩上，把他按在墙上。

　　"只要给我一秒钟的时间就说完，"我坚持着，"艾略特，这个营地出了些不对劲的事情。"我放开了他。

　　"你说的是隆隆作响的声音？"他一边问，一边用一只手把黑头发拢到脑后，"那只是地下气之类的东西在作怪。一个管理员向我解释过。"

85

"这不是我要说的事情，"我回答，"我要告诉你的是，孩子们正在一个一个地失踪。"

他大笑起来："孩子们不见了？你的意思是像变魔术一样？"

"别再取笑我了！"我打断他的话，"这不是开玩笑，艾略特。孩子是在一个一个地失踪。还记得我的寝室的狄尔德吗？她昨晚还参加了胜利者大游行呢，接下来就没有回房间。"

艾略特的笑容消失了。

"今天早上巴笛告诉我她已经走了，"我继续说，一边把自己的手指扳得劈啪作响，"就跟那个叫爱丽莎的小女孩一样，她也失踪了。"

艾略特的棕色眼睛凝视着我，"有时候孩子总得回家的，"他坚持自己的看法，"有什么大不了的事情？"

"那么，爸爸妈妈呢？"我说，"他们发现拖车掉了，总不会再开出去很远吧。他们为什么没有找到我们？为什么营地也没有找到他们？"

艾略特耸了耸肩，"你可难倒我了。"他漫不经心地一边回答，一边从我身边闪过，向门口走去，"温迪，你不高兴是因为你比赛糟透了，可我在这儿却得心应手。为了我别把事情搅黄了，好吗？"

"但……但……艾略特……" 我气急败坏地说。

他摇摇头，双手推开门，消失在阳光里。

我握紧双拳，真想狠狠地揍他一顿。他为什么不肯听我说？他难道没看见我多么六神无主，多么胆战心惊？

艾略特就是那种永远无忧无虑的孩子，每一件事好像都会顺他的意，所以他还有什么必要劳心费神呢？

但是你想他总该为爸爸妈妈担一点儿心吧。

爸爸、妈妈……

当我慢慢地走出门口时，我真是忧心忡忡。他们会不会出了车祸什么的？这就是他们没来找艾略特和我的原因？

不！别往坏处想，我责备自己。不要想得太离谱了，温迪。

我突然想起了往家打电话的计划。对了，我决定马上动手。我要打电话到家里，在留言机上给爸爸妈妈留下一个短信。

我在路中央停下来，寻找投币电话。一群女孩拿着曲棍球杆从我身边走过。我听到一声长长的哨声从网球场那边的游泳池旁传来，接着又听到一群孩子跃入水中溅起的水浪声。

　　每个人都在尽兴、快乐，只有我除外，我想。

　　我决定先打电话，然后再找一项运动玩玩。要做点儿事情把我心中无尽的忧愁赶走。

　　我回到宿舍旁那排蓝白条的投币电话边，以最快的速度跑过去，抓起最近的一部电话。

　　我把话筒放到耳边，开始拨号。

　　然而，我惊叫了起来。

第十九章

　　"你好，营地伙伴！"一个低沉的嗓音欢乐地冒了出来，"祝你在营地快乐。果冻营地欢迎你。好好干吧，努力加油，赢得胜利。永远记住——只求最佳！"

　　"哦,不！"我叫道,"是段愚蠢的录音——"

　　"你好,营地伙伴！祝你在营地快乐——"磁带在我耳边又开始重复。

　　我把话筒放下，然后拿起了另一部电话。

　　"你好，营地伙伴！祝你在营地快乐。"同样是欢乐而低沉的嗓音。一样的录音。

　　我在一排电话上一个一个地试过，全是一样的

录下来的话。没有一部电话是真的能使的。

哪里有真的能用的电话？我纳闷。一定有可以使用的电话。

我转身离开了宿舍楼，走上了那条泥路。当我经过昨夜简、爱娃和我躲藏过的那排灌木时，我想起了爱丽莎，不禁感到一阵寒意。

明亮的阳光晒在绿草如茵的小山坡上，我把手放在眼前遮阳，注视着一只黑色、金色相间的大花蝴蝶。它在一丛红色和粉红色的天竺葵中翩翩起舞。

我漫无目的地走着，想寻找一部电话。四周，孩子们都在叫着、笑着、尽心地玩着。其实，我并没有听到他们的声音，我深深地陷入自己的烦恼之中。

"嘿！嘿！嘿！"

我弟弟的声音惊得我停下脚步来，我一次又一次地眨眼，极力使自己集中思想。

我发现自己已经走到了篮球场上，艾略特和杰夫正在进行他们的一对一篮球比赛。

杰夫运着球，球在沥青场地上砰砰直响。我弟弟在杰夫的面前挥舞着双手，想抢到篮球。

但是，没有抢到。

杰夫的一个肩膀下倾，撞开了艾略特，投向了篮筐——命中。

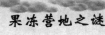

"两分！"他叫道，笑了。

艾略特虎起脸，直摇头："你犯规！"

杰夫装做没有听见的样子。他的个子比艾略特整整大两倍。他是一个牛高马大的家伙，只要他愿意，他可以把艾略特撞到场子那边去。

艾略特怎么会相信自己能赢？

"比分多少了？"杰夫问，一边用手背擦去额上的汗水。

"十八比十。"艾略特不乐意地报了比分。我根本不用多猜，就知道我的弟弟输了。

篮球场的四周是用网围起来的。我双手抓住网，脸贴在网上，向里看。

这回轮到艾略特运球，他一再向后移动，想给自己腾出一点儿空间。杰夫倾身向前，跟着艾略特移动，一边还不时地用手提扯一下自己的篮球短裤。

突然，艾略特快步向前，眼睛瞄准了篮筐。他开始上篮，伸出右手投篮——可杰夫把球盖了出去。

艾略特已经跳了起来，但是他投中的是空气。

杰夫两次运球，双手灌篮。嗖的一声，比分变成二十比十。

杰夫没多久就赢得了比赛。他高声欢呼，举起

手来与艾略特击掌。

艾略特皱着眉，直摇头，"运气球，运气球。"他嘟囔着。

"是啊，没错，"杰夫回答，用他蓝色无袖T恤衫的前襟往满是汗水的脸上抹了抹，"嘿，祝贺我吧，伙计。你是第六个成全我的人！"

"嗯？"艾略特瞪着他，双手按在膝盖上，挣扎着呼吸，"你的意思是——"

"对了，"杰夫咧嘴笑了，"我赢得了第六块国王金币了。今晚我要参加胜利者大游行了！"

"哇，真酷，"艾略特回答，但毫无热情，"可我还得赢三块。"

我突然感觉到有人一直在注视着我。我把手松开了网，后退了一步。

巴笛一直站在路上注视着我。他的眼睛眯着，嘴唇闭着，表情严厉，满脸的不高兴。

他站在那儿多久了？

他为什么这样不高兴？他的严厉表情使我感到不寒而栗。

我转身面对他时，他向我走了过来。他的蓝色的眼睛狠狠地盯着我。

"我很抱歉，温迪，"这个管理员轻声说，"你得走了。"

第二十章

"对不起。"我瞪着他，惊奇得张大了嘴。

他在说什么啊？他要我去哪儿？

他的意思是不是我也得失踪——像狄尔德和爱丽莎一样？

"你必须去参加一项运动。"巴笛重复了一句，声音依然很轻，他的严厉表情一点儿也没变，"你不能站着袖手旁观其他孩子的比赛。果冻国王从不赞成这样。"

我真想一脚踩在这团丑陋的泡泡国王的脸上！我愤怒地想。多么蠢的名字，果冻国王。恶心！

巴笛刚才就吓得我要死，他是故意在吓唬我

93

吗？我想。

不，我很快作出了判断。巴笛并不知道我为什么事担忧，他怎么会知道？

巴笛急匆匆地走向篮球场，拍了拍杰夫的背，递给他一块国王金币，"好样的，小伙子！"他大声说道，一边向杰夫竖起了大拇指，"我会在今晚的胜利者大游行中看到你。只求最佳！"

巴笛跟我弟弟说了几句话，艾略特耸了好几次肩。接着他对巴笛又说了什么，惹得巴笛哈哈大笑。我听不见他们在说些什么。

艾略特一路小跑去找他的下一场比赛了，巴笛回身大步流星地向我走来。他一只手搂住我的肩，引我离开了篮球场。

"我想你不是个要强的人。"他说。

"我想也是。"我回答。我还能说什么呢？

"好吧，我要给你一张今天的日程表。假如你愿意的话就看看。"巴笛说，"首先，我给你安排了一场网球赛。你会打网球，对吗？"

"会一点儿，"我告诉他，"我打得并不好，但是……"

"网球赛后，来垒球场，好吗？"巴笛继续说，"我们安排你进一个垒球队。"

他向我温和地笑笑："我想你加入了垒球队，

就会感到其乐无穷的——是不是？"

"嗯，大概是吧。"我回答。我想说得更热情一些，可是我做不到。

巴笛带着我来到一个网球练习场。一个像我这样年龄的黑人姑娘正对着壁板击打网球，她在热身。

当我走近时，她转过身来，向我表示欢迎："进展如何？"

"不错。"我回答。我们互相作了介绍。

她的名字叫卢斯。她个子很高，很漂亮，上穿一件紫色跨栏背心，下穿一条黑色短裤。我看见她的一只耳朵上晃动着一只银耳环。

巴笛递给我一只拍子，"来，玩一玩，"他说，"不过，温迪，小心点。卢斯早已拿到五块金币了。"

"你的网球打得很好吧？"我问，转动着手中的拍子。

卢斯点点头："是啊，相当不错。你呢？"

"我不知道，"我老实告诉了她，"我和我的朋友常打，但只是玩玩而已。"

卢斯大笑起来。她的笑发自肺腑，声音有点儿嘶哑，但我很喜欢，并使得我也想大笑。"我从不打着玩玩。"她说。

95

她说的是实话。

我们打了几个来回，用来热身。卢斯前倾身体，绷紧肌肉，眯起她的黑色眼睛——然后，砰的一声把球打回给我，好像我们是在打世界杯赛的决赛似的。

我们正式开始比赛后，她打得更卖力了。

我很快就发现我不是她的对手，只是很幸运地接好了她的几个发球。

卢斯的球打得很好。

在我用双手击球时，我发现她好几次在偷偷地笑。但是她并没有取笑我得分可怜，倒是在比赛中给了我几次很好回的轻打。

她赢了最后一局。

我祝贺她，她似乎为赢得第六块金币真的很兴奋。

一个我以前没见到过的女管理员踏上网球场，奖给卢斯一块金币。"今晚胜利者大游行见。"她说着，露齿一笑。

接着，这位女管理员转身面对着我，"过了这座小山就是垒球场，温迪。"她指了指。

我谢过她，朝那个方向走去。"不要走——要跑！"她叫道，"拿出点精神来看看！要'只求最佳'！"

我不高兴地吁了口气，我想她没听见我叹气。我乖乖地开始跑步。

这里的人为什么个个都在催促我？我默默地抱怨。我为什么就不能躺在游泳池边，晒我的日光浴？

当我看到垒球场时，不禁轻轻地欢呼起来。我确实喜欢垒球，我做接球手不称职，但我是一个相当不错的投球手。

我看见各队都有男孩和女孩。我认出了今天吃早饭时与我同桌的两个女孩。

其中一个女孩抛给我一根垒球棒。"嘿，我叫劳妮。你可以加入我们的队。"她说，"你会投球吗？"

"大概行吧，"我回答，双手紧握球棒，"我有时放学后在操场上练投球。"

她点点头："好吧，你可以担当前几次的击球。"

劳妮把另一些孩子叫到一起，大家挤挨着，围成一团，互报姓名。接着没有安排位置的人选择了自己的跑位点。

"假如我们赢了，我们所有的人都可以得到国王金币吗？"一个肩上画了老鹰文身图案的男孩问道。

97

"对，所有的人都能得到。"劳妮告诉他。

大家都欢呼起来。

"现在欢呼还太早。我们必须先赢！"劳妮叫道。

她跑了个圈，发出了击球的命令。我既然是投球手，那我就是第九个击球。

但是，既然要击球，我就得摆动几下球棒。我走了几步，和其他人隔开一段距离，走在第三基线的后面。

我把双手自如地放在球棒顶端，轻柔而缓慢地来回摆动。我喜欢握得高一些。因为我的力气不大，这样挥棒一击可以使我发力更大一些。

球棒给我的感觉非常好，我又轻轻地摆动了几下。

然后，我把球棒摆到肩膀后面，猛地发力——尽我最大的力气挥棒。

我没有看见巴笛站在后面。

球棒狠狠地打在了他的胸上。

球棒打在他的肋骨上，发出令人作呕的撞击声。

我丢了球棒，跌跌撞撞地向后退了几步，我被吓晕了，害怕得要死。

第二十一章

巴笛脸上的笑容消失了。他眯着他那蓝色的眼睛看着我。

他举起了一只手，指着我。

"我喜欢你击球的动作，"他说道，"但是，也许我们可以给你找根轻点的球棒。"

"啊？"我张大了嘴，站在那里一动不动，直盯着他，"巴笛——"

他从地上捡起了那根球棒，说道："这个觉着顺手吗？让我再看你挥一次棒，温迪。"他把球棒递给了我。

我的手颤抖着接过了球棒。我看着他，等着他

99

大叫，抓住他的胸口，瘫倒在地。

"有些铝质球棒要轻一些。"他用一只手将金色的头发捋到脑后，说道，"来吧，再来一次。"

我踉跄着后退了几步。我可不想再打到他。接着我又挥起了球棒。

"这个怎么样？"他问道。

"好……挺好。"我结结巴巴地说。

他冲我打了个响指后就去和劳妮说话了。

哇，这是怎么回事?我想。

我刚才一棒打在他胸口上，重得都可以打断几根肋骨了，至少也该打得他喘不过气来吧。

可是巴笛好像什么也没注意到。

这到底是怎么回事啊?

晚饭的时候我对简和爱娃说了早上的事。

简窃笑道："我想，是你挥棒时没有你想像的那么有力。"

"可是声音大极了，像敲碎了什么似的!"我解释道，"而他却继续谈笑风生。"

"他也许是要等到没人的时候再喊痛吧!"爱娃说道。

我想强迫自己和我的两个朋友一起大笑，可我觉得笑不出来。

这太奇怪了。

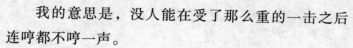

　　我的意思是，没人能在受了那么重的一击之后连哼都不哼一声。

　　我们队以十分的差距输掉了比赛。在发生了那样一件事后，谁还有心思关心比赛啊。

　　我看了看房间另一头的管理员的桌子。巴笛正坐在一头和哈丽说笑着。他看上去好极了。

　　晚餐时我一直在看着他。一次又一次，我听见球棒敲在他胸口上那可怕的声音。它在我脑子里赶都赶不走。

　　晚饭后我们走到跑道上去参加胜利者大游行时我还在想这件事。晚上有点风，火把摇曳着，像是要熄灭似的。

　　跑道周围的树摇摆着。树枝似乎都要垂到地上来了。

　　进行曲响起来了，获胜者开始游行。卢斯走过我面前时向我挥手。我看见杰夫骄傲地走在队伍的最后，他的那些金币在脖子上闪烁着。

　　庆祝会结束后，我很快回到房间，爬上了床。太多的麻烦事在我脑子里转悠，我只想睡觉，把它们都丢到脑后。

　　第二天早餐时，卢斯和杰夫不见了。

第二十二章

　　我整个早上都在找卢斯和杰夫，也在找我的弟弟。我知道他肯定在起劲儿地参加着某项运动。但是我从营地尽头的足球场走到另一个尽头的跑道，都没有看见他。

　　难道艾略特也失踪了？

　　一个令人恐惧的念头一直萦绕在我的脑海。

　　我们必须逃出这个营地！

　　当我走在纵横交错的泥路上时，我一直在对自己说这句话。

　　果冻国王，这个紫色的小泡泡人在各处竖立的标牌上向我龇牙咧嘴地笑着。他的卡通式的夸张笑

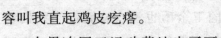

容叫我直起鸡皮疙瘩。

在果冻国王运动营地出了可怕的大问题。我的眼睛搜寻着每一张脸，寻找我的弟弟，我越往前走，心里越是感到害怕。

午饭后，巴笛从后面赶上了我。他把我领到了垒球场。"温迪，你不能离队！"他严厉地说，"把昨天忘了吧。你还有机会。假如你今天赢了，你的队友们全都可以赢得国王金币了。"

我可不要什么国王金币。我要看到我的父母，我要看到我的弟弟。还有，我要离开这里！

我今天不投球了。我做左外场手，这样可以有充足的时间想想事情。

我要计划我的逃跑行动。

这不会是很难的事情，我想。晚饭后，当大家都在看胜利者大游行时，我和艾略特就可以溜出去。我们摸着下山，折回公路，走路或者搭车，只要能到最近的有警察所的镇上就行。

我知道警察是会很容易为我们找到爸爸妈妈的。

这是一个简单明了的计划，对不对？现在我要做的事情就是找到艾略特。

我们队以七比九输了。

比赛以我的出局而告结束。对于球队的失利，大家都垂头丧气，而我却一点儿也不在意。

103

我还是连一块国王金币也没有赢到。当我们快步走回宿舍时，我看到巴笛一直在注视着我，烦躁不安写在他的脸上。

"温迪，你的下一项运动是什么？"他问我。

我装做没听见，一路小跑着走了。

我的下一个项目是跑，我不高兴地想。跑着离开这个可怕的地方。

当我经过大楼时，大地又开始震动摇晃。这一次，我根本不把它当回事，继续向宿舍走去。

直到晚饭后我才找到艾略特。我看见他正和两个伙伴向大食堂外走去，他们笑着，大声说着话，边走还边你追我打的。

"艾略特！"我叫着追他，"嘿，艾略特——等一下！"

他让他的两个朋友先走了，转过身来，"哦，你好，"他说，"什么事？"

"你是不是忘了你还有个姐姐？"我生气地说。

他眯着眼看着我："什么？"

"你去哪儿了？"我问。

笑容在他的脸上荡漾开来，"我赢到了这些，"他说，他举起挂在脖子上的一串国王金币，"我赢到了五块。"

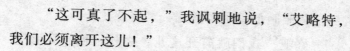

"这可真了不起，"我讽刺地说，"艾略特，我们必须离开这儿！"

"啊？离开？"他皱起了眉，迷惑不解。

"对，"我坚持说，"我们必须离开这个营地——今晚！"

"我不走，"艾略特回答，"不行。"

孩子们熙熙攘攘地从我们身边经过，去看胜利者大游行。我跟随艾略特走出了大食堂的门。然后，我拉着他离开小路，一直拉到了大楼边上的草地上。

"你不能走，为什么？"我质问他。

"不拿到第六块金币，我不走。"他说。他把脖子上的一串金币在我面前丁当地直晃。

"艾略特——这个地方很危险！"我叫道，"爸爸妈妈一定——"

"你是妒忌，"他打断了我的话，他又一次把金币晃得丁当响，"你还什么也没赢到——是不是?!"

我双手握成拳头，我想去揣他。我真的这样想。

他就是这样一个比赛狂，什么事情都想赢。

我深深地吸了口气，竭力平静地说："艾略特，你难道不为爸爸妈妈担心？"

105

Goosebumps

他的眼睛低垂了一会儿："有点儿。"

"好吧，我们就离开这儿，去找他们！"我宣布道。

"明天吧，"他说，"明天田径赛后，让我赢得第六块金币以后。"

我想张嘴与他辩论，但是，说什么好呢？

我知道我的弟弟有多顽固。假如他想赢得第六块金币，那么不赢得它他是不会离开的。

我没法和他争辩，也没法硬拉着他走。"明天早上田径比赛一结束，"我告诉他，"我们就离开这儿！不管你是输还是赢，好不好？"

他想了想，"好吧，我同意。"他最后说。接着，他一路小跑着去找他的朋友了。

有四个小孩参加了胜利者大游行。当我站在一边看的时候，我想起了以前参加过大游行的那些孩子们：

狄尔德、卢斯、杰夫……

他们都已经回家了吗？他们都由父母领回去了？他们是不是都安然无恙地回家了？

也许是我杞人忧天了，我想。

营地里的每一个人都快快乐乐的，为什么惟有我独自担忧？

然而，我记起来了，并非只有我一个人在忧心

106

忡忡。

爱丽莎泪痕斑斑的脸浮现在我的脑海。

爱丽莎看到了什么使她如此害怕？她为什么不顾一切地试图警告我们，要我们离开此地？

我也许永远找不到答案，我对自己说。

胜利者大游行结束了，但我并不想回宿舍。我知道我会睡不着，我的脑子里有太多乱七八糟的想法。

当其他孩子回自己房间时，我藏进了一片浓阴里。然后，我悄悄地沿着通向主楼的山坡小路走去。

我躲在一片常青灌木后面，走到了草地上。这是一个凉快多云的晚上，空气又重又湿。

我抬头看天空，云遮住了星星和月亮。远处，在黑暗中，有微弱的红光在移动。这是一架飞机，我不知道它在往哪儿飞。

蟋蟀开始鸣叫，风呼呼地吹起了我的头发。

我凝视着没有星星的天空，竭力想放松自己，想使自己静下心来。

过了几分钟，我听到了脚步声和笑声。

我跪在地上，低低地躲在灌木丛后面。

声音慢慢变大了，这是一个女孩子的笑声。

107

我小心地从松树丫间向外偷看，看到两个管理员快步沿着上山的小路走去。

Goosebumps

我又看到另有一群管理员紧跟着他们上山，他们都好像步履匆匆。

我在灌木丛后面压低了身子，躲在黑暗中。

我想他们正在往主楼去，想必有什么管理员会议之类的事情。

他们的白色短裤和 T 恤衫很容易辨认，即便是在这样漆黑的夜晚。我看着他们在路上疾行，却始终没让他们发现自己。

但是，令我大吃一惊的是，他们并没有去主楼，而是拐进了离主楼入口处几步远的小路，俯身进了树林。

他们要去哪儿？

我又看见几群管理员进了树林。我想，在这个营地里大约有一百个管理员，今晚他们全都一起进了树林。

我一直等着，估计所有的管理员都已经从我身边经过，我才让自己慢慢地跟上他们。

我竭力向树林里看，然而只能看到一片黑暗、一重又一重的阴影。

突然，我又听到了两个声音，赶紧蹲了下来。

从常青灌木丛中向外看，我看见了哈丽和巴笛。他们肩并肩地大步走着。

我等着他们经过后，才跳了出来。

108

我不会因为害怕被抓住而止步不前。我必须知道这些管理员们去哪儿了。

巴笛和哈丽很快就穿过了树林，他们分开路上高高的草，跨过落地的大树枝。

一座低矮的白色建筑突然出现在我的眼前，使我大吃一惊。在灰暗的夜色里，它显得模糊不清。

这房子建得很矮，屋顶是弯曲的。

我通过树林眯眼向它看去，它看上去很像圆顶房子。

我不明白，这奇怪的建筑是派什么用场的？它为什么远远地隐藏在树丛之中？

白色建筑的侧面有一个深暗的入口，哈丽俯身进去了，巴笛也跟了进去。

我等了将近一分钟，然后也走近了入口处。

我的心急剧地跳动，这样奇怪的小房子，圆圆的，像冰一样的光滑。

我犹豫片刻，从入口处向里窥视，但是，里面什么也看不见，也没听见什么声音。

我该怎么办？我问自己。

我要进去吗？

是的。

我深深地吸了一口气，弯腰走了进去。

109

第二十三章

进入昏暗的入口走道，有三级很陡的台阶，只有惟一一盏红灯低低地在接近走道地板处发出微弱的光。

我走入了暗红色的光圈中，停下步，静听。

我能听到隔壁房间里轻轻的说话声。在我的右边有一扇打开的门。

我走到门边停下。然后，慢慢地、小心地向里偷看。

我看到一个大大的四方形大厅，四支火炬挂在房间前面的墙上，闪烁着橘红色的光。

管理员们坐在长长的木椅上，面对一个低矮的

舞台。一面紫色的旗子悬挂在舞台上，上面赫然写着："只求最佳"。

这是一个小剧场，我想，又有点儿像会议厅。

但是，它为什么要藏在树林之中？还有，今晚管理员们为什么要在这儿聚会？

我不必等很久就有了答案。

巴笛登上了小小的舞台。他快步走进了一闪一闪的橘红色火炬光里。然后，他转身面对他的管理员观众。

我蹑手蹑脚地进入了门厅，厅的后面没有火炬。那里漆黑一片。

我沿着后墙根，踮起脚轻轻地向前走。

一个类似壁橱的门直直地开着，我弯腰藏了进去。

巴笛举起了双手，管理员们立刻停止了讲话。他们都挺身坐着，盯着他看。

"重新振奋我们的时间到了。"巴笛叫道。他的声音在四周水泥墙壁上反射出回声。

管理员们僵硬地坐着，没人动，也没人做声。

巴笛从口袋里掏出一块金币，我看到那是一块国王金币。它在一根长长的金链子上摆动着。

"振奋我们精神的时间到了，"巴笛说，"振奋我们使命的时间到了。"

111

他把金币高高举起，当他开始摆动金币时，金币在火光中闪烁。他前后摆动，慢慢地摆动。

"清理你们的思想，"他命令管理员们，但现在他的声音很柔和，"清理你们的思想，我已经清理了我的思想。"

一闪一闪的金币慢慢地前后摆动，前后摆动。

"清理……清理……清理你们的思想。"巴笛颂咏着。

我想，他在给他们施催眠术！

巴笛在给所有的管理员施催眠术，他自己也早已被催眠了！

我向前跨了一步，我简直不能相信自己看到的和听到的！

"清理你们的思想，为主效劳！"巴笛叫道，"我们为此来到这儿，以他的荣耀，为主效劳！"

"为主效劳！"管理员们都一起跟着颂咏。

谁是主？我问自己。

他们在说些什么？

巴笛对这群管理员们继续颂咏着那句口号，他的眼睛睁得大大的，一眨也不眨。

"我们不思考！"他叫道，"我们没感觉！我们全身心投入，为主效劳！"

突然，我对我的问题有了一个答案。

　　现在，我知道了为什么巴笛不会叫出声来，为什么我把球棒打在他的胸口上他不会摔倒在地。

　　他已经迷醉了所有的感觉。

　　他已经处于某种痴迷状态。他感觉不到球棒，他已经什么也感觉不到了。

　　"只求最佳！"巴笛叫道，并向空中举起双拳。

　　"只求最佳！"管理员们都回应着。在一闪一闪的橘红色火光里，他们微微发光的脸变得奇异而又僵硬。

　　"只求最佳！只求最佳！"

　　他们一遍又一遍地颂咏着这句口号。他们的声音在四周的墙壁上大声地回荡着。只是嘴在动，完全像木偶。

　　"只求最佳，才能为主效劳！"巴笛叫道。

　　"只求最佳！"管理员们又颂咏了一遍。

　　在这整个过程中，巴笛一直在他的头上摆动着金币，现在，他把它收回，放进了短裤口袋。

　　房间里安静了下来。

　　凝重的安静，怪诞的安静。

　　不料，我打了个喷嚏。

第二十四章

我用手捂住嘴。

太晚了。

我又打了个喷嚏。

巴笛惊奇地把嘴张得大大的，他向空中伸出一只手指，直指向我。

几个管理员跳了起来，转身奔来。

我转身面对房门。在他们中有人抓到我以前，我能逃出这扇门吗？

不。

我没办法到达门口。

我的两条腿在发抖。我逼迫自己移动，步步后退，靠到了墙根。

我进入房子时为什么走进去这么长距离？为什么不安全地待在门厅里呢？

"谁在那儿？"我听见巴笛在叫，"太暗了，这是谁？"

还好！我想，他不知道这是我。

但是，瞬息间他们就会抓住我，会把我拉到光亮里。

我又后退了一步，再后退一步。

四周一片漆黑。

我转身。"啊！"我叫了起来，突然，我发现自己差点儿跌下一个陡峭的楼梯。

这竟然不是一个壁橱。

黑黑的石头楼梯旋转而下，非常陡，会通向哪呢？

我猜不出。但是我已经没有选择的余地了，这楼梯是我惟一逃跑的机会。

我倚着墙，顺梯而下，鞋子在光滑的石阶上直打滑。

我差点儿被绊倒，头向下摔下去，还好我抓住了墙壁，在倒下去的一瞬间稳住了身子。

楼梯盘旋着往下，往下。

周围很热，有股酸味。我屏住呼吸。一股坏了

115

的牛奶一样的酸味。

一个奇怪的重重的呻吟声从底下传来。

我停了下来，屏住气。

仔细听。

低低的呻吟声顺着楼梯又传了上来。一股酸气直向我鼻子里灌。

我转过身来，是不是还要走下去？那些管理员们是不是已经看到我是从那扇壁橱门逃走的？

不。这儿太暗了。我没听到什么人在楼梯上。他们没有追着我。

这下面是什么东西这么难闻？

就在这儿停步吧，我不想再往下去了。

但是，我又有什么选择呢？我知道他们正在楼上四处搜寻我。

我用一只手扶着石墙，一步一步往下走。

楼梯下是一条长长的、窄窄的地道。在地道的尽头能看到一丝微弱的光。远处又传来一声呻吟，地板随之震动。

我深深地吸了一口气，快速地走过地道。空气变得又热又潮，我的脚扬起阵阵尘土。

这会通向哪儿？我弄不明白。会不会把我带回到外面？

当我快要到达地道尽头时，一股酸气几乎让我

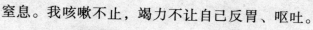

窒息。我咳嗽不止，竭力不让自己反胃、呕吐。

这气味太恶心了！

就像是腐烂的肉和臭鸡蛋的气味。就像是日复一日晒在太阳之下的垃圾散发出来的气味。

我用双手捂住嘴，这气味如此强烈，以至于我屏住气也能闻出来！

我不禁作呕。一次，两次。

不要去想这气味！我命令自己。想想别的什么事情：想想新鲜的花，想想甜甜的味道的香水。

不管怎样，我得停止作呕。

我用两只手指捏住自己的鼻子，挡住气味，跌跌撞撞地走到了地道的尽头。

我停住了脚，地道通向了一间巨大明亮的房间。

我停下来细看——在我的一生中还从未看到过如此丑陋、如此令人恐惧的东西！

第二十五章

在明亮的灯光下，我看见了十几个孩子，他们的手上拿着拖把、水桶和水管。

最初，我以为他们在打扫一个巨大的紫色气球，一个比感恩节游行时见到的任何巨型气球都大得多的气球。

但是，当他们用水冲它，用拖把给它抹肥皂时，这个气球发出了巨大的呻吟声。

我懂了，我看到的不是一只气球。他是一个生物，一个活的东西。我是在看一个怪物。

我正与果冻国王面对面。

不是一个伶俐可爱的小吉祥物，而是一堆肥

大、恶心的紫色黏状的东西，他差不多有房子那么大，头上戴着一顶金冠。

两个巨大的水汪汪的黄色眼睛在他的头上滚动。他一次次地咂巴着巨大的紫色嘴唇，发出呻吟声。一团团白色稠密的黏液从他长满毛的巨大鼻孔里滴下来。

那令人厌恶的气味就是从他的身体上散发出来的，就是捏住鼻子也难以挡住这酸酸的臭气。他散发出来的气味，就像是死鱼、腐烂的垃圾、坏了的牛奶、燃烧的橡皮……统统加在一起的怪味。

那金冠在他黏糊糊、湿漉漉的头上一跳一跳的。他紫色的肚子一起一伏，就像是海浪在他的肚子里翻滚。他的打嗝臭气熏天，还使得四面的墙壁摇晃不已。

那些孩子们——十几个孩子——疯狂地工作着，他们围在这个丑陋的怪物周围，用水管冲洗他，用拖把、海绵和刷子擦洗他的身子。

当他们干活的时候，一粒粒圆圆的小东西淋在他们的身上。滴滴答答的，这些圆圆的小东西撒了一地。

是蜗牛！

蜗牛从果冻国王的皮肤里不断地蹦出来。

当我发现这个丑恶的东西在不断蹦出蜗牛来

119

时，我不禁又一次作呕想吐！

我摇摇晃晃地退回到地道里，双手捂住了嘴。

这些孩子们怎么能够坚持待在这么可怕的、酸臭冲天的地方呢？

他们为什么要冲洗他？他们为什么这么卖力地干活？

突然，我认出了其中的一个孩子，不由得倒吸了一口凉气。

爱丽莎！

她双手拿着一根水管，在喷淋果冻国王那一起一伏的鼓鼓的肚子。她的红头发全湿了，在前额上结成一团。她一面干活，一面哭着，哭声非常大。

我看到了杰夫。他正在这个怪物的身上上下清洗着。

我张嘴想呼唤爱丽莎和杰夫。但是声音被卡在了嗓子眼儿里，出不来声。

接着，有人直向我奔来，跌跌撞撞地进了地道，跑出了明亮的灯光。

是狄尔德！

她的一只手上拿着海绵。她的杂色金发全湿了，衣服上也又皱又湿。

"狄尔德！"我拼命叫出声来。

"从这儿逃出去！"她叫道，"温迪——快

跑！"

"可是……可是，"我结结巴巴地说，"发生了什么事？你们为什么在这干活？"

狄尔德发出了抽泣声。"只求最佳！"她小声地说，"只求最佳就是做果冻国王的奴隶！"

"什么？"我张口结舌地看着她。她站在我的面前，不断地从湿漉漉的身上抹去冰冷的水。

"你还没有看到？"狄尔德叫道，"这些人都是获胜者！六块金币的获得者！他要的是最强壮的孩子，最好的工人。"

"但是——为什么？"我问。

蜗牛还在继续从这个怪物的皮肤里蹦出来，滴滴答答地、重重地摔在地上。他厚厚的嘴唇间又冒出隆隆的打嗝声，一股酸臭气直向我们冲来。

"你们为什么都在冲洗他？"我问狄尔德。

"他……他必须一刻不停地冲洗！"狄尔德抽泣着说，"他必须始终保持是湿的。他自己也受不了自己的气味。所以，他把最强壮的孩子弄到这儿，强迫我们日日夜夜地冲洗他。"

"但是，狄尔德——"我刚要接口。

"假如我们停止冲洗，"她继续说，"假如我们想休息一会儿，他……他就吃掉我们！"她的整个身子都在发抖，"今天他已经吃掉三个孩子

121

了！"

"不！"我大叫，我恐惧极了。

"他太叫人受不了啦！"狄尔德哀叹，"这些可怕的蜗牛就是从他的身上蹦出来的……还有臭气。"

她抓住了我的手臂，她的手又湿又冷。"那些管理员都已经被催眠了，"她小声地说，"果冻国王把他们都控制了。"

"我……我知道。"我告诉她。

"从这儿逃出去，快！"狄尔德哀求着，用力抓我的手臂，"出去求救，温迪，请——"

一声愤怒的吼声吓得我们俩都跳了起来。

"啊，不！"狄尔德哀叹一声，"他看到我们了！已经太晚了！"

第二十六章

这怪物又发出一声吼叫。

狄尔德松开了我的手臂，我们俩转身面向他，顿时都吓得全身打战。

他对着天花板怒吼，吼声震天，足以使每个人都胆战心惊。他的水汪汪的黄色眼睛闭着。他还没有看见狄尔德和我，还没有。

"快去求救！"狄尔德小声对我说。接着，她举起了海绵，跑回果冻国王的边上，她干活的地方。

我一时间呆住了，是因为恐惧而发呆。我一点信心也没有。

123

又一次隆隆的打嗝声惊醒了我，使得我急速地跑回地道。我至少已经知道了为什么这个营地会常常发生震动！

酸臭气一直跟着我穿过地道，爬上弯弯曲曲的石头阶梯。我不知道是否能逃脱，我不知道是否能再一次自由地呼吸。

我怎样才能帮助那些孩子？我问我自己。我能做什么？

我太害怕了，已经理不出头绪了。

当我在黑暗中奔跑时，我想像得出果冻国王吧唧着肥厚的紫色嘴唇的情景，想像得出他滚动着黄色眼珠子的样子，还有那些丑陋的黑色蜗牛纷纷地从他的皮肤中喷出的景象。

当我到达楼梯顶部的时候，我感到很不舒服。但是，我知道我没有时间为自己担心了。我必须救出那些孩子，他们已经被迫成为这个怪物的奴隶。还有，我必须救出这个营地的其他孩子——在他们也成为奴隶之前。

我将头探出壁橱门外，在这个小剧场的前部，四支火炬还在燃烧。但是，里面已经空无一人。

管理员们去哪儿了？都出去抓我了？

有可能。

我去哪儿呢？我问自己。我不能在这个壁橱里过夜，我必须呼吸新鲜空气，我必须去一个能静静思考的地方。

我小心翼翼地走出了这个低矮的圆顶建筑，走进了没有星星的夜晚。我躲在一棵大树后面，向树林中四处张望。

透过树林，可以看到手电筒发出的细细的白色光柱在地上照来照去的。

是的，我对自己说，管理员们正在搜寻我。

我挺起身来，避开纵横交错的光柱，竭力不弄出声响，在树木和高高的草丛间爬行，向着通往宿舍楼的小路爬去。

我能到达宿舍把险情告诉每个人吗？我不知道。大家都会相信我吗？管理员们会不会守在宿舍楼？他们会不会正在那里等着我的出现？

我听到路上有声响。我伏在一棵树后，两个管理员走了过去。他们的手电筒发出的光在山坡上留下大大的光圈。

等到他们走远了，我就窜出树林，跑下了山。我一直躲在阴影里跑，经过了游泳池，过了网球场。现在，夜色蒙蒙，寂静无声。

我发现，跑道边一大排高高的树篱可以把我全遮住。于是，我气喘吁吁地躲在树篱后，双膝着地，在树篱的阴影里爬行。

125

我坐在树篱下刺人的松针堆上，向外张望，现在惟有一片黑暗。

我深深地吸了一口气，然后，又吸了一口。多甜美的空气。

我必须想想办法，我告诉自己。必须想想……

一阵大喊声把我惊醒。

我什么时候睡着了？我在什么地方？

我眨了好几次眼睛，坐了起来，伸了一下腰。我身体僵硬，后背疼痛，每块肌肉都酸疼。

我往四处看看，发现自己还躲在树篱间。一个灰蒙蒙的、多云的早晨。太阳正企图从高高的云层里探出头来。

什么声音？

欢呼声？

我撑起身来，从树篱中偷偷地向外看。

正在进行田径比赛！刚刚开始。我看见六个穿短裤、T恤衫的男孩正沿着跑道奋力向前。一大群孩子和管理员正在为他们加油鼓劲。

谁跑在最前面？

艾略特！

"不！"我嘶哑地大叫。我的声音还似睡似醒。

126

我从树篱后跑了出来，穿过草地奔向跑道。

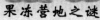

　　我知道，我必须阻止他。我不能让他赢得这跑步比赛。我不能让他赢得第六块金币。假如他赢了，他们也要把他变成奴隶！

　　他拼命地跑着，他已经远远地跑在其他五个人前面了。

　　我能做什么？做什么？

　　慌乱中，我想起了我们俩之间的信号。

　　用两个手指吹口哨。艾略特很容易明白我的信号。

　　他听到口哨声就会慢下来，我对自己说。

　　我把两个手指放进了嘴里。

　　我吹了。

　　没有声音发出来，我的嘴太干了。

　　我的心急剧地跳动。我又试了一次。

　　没有，还是没有口哨声。

　　艾略特已经在跑最后一圈了。现在，已经没有办法阻止他赢了。

第二十七章

根本不可能阻止他——除非我打他!

我绝望地大叫一声,向前冲上了跑道。

我的鞋子拍打着草地。我边跑边直盯着艾略特和终点线。快! 快!

要是我能飞就好了!

艾略特逼近终点了,欢呼声响了起来。而另五个男孩子落后了好几米!

我的鞋子重重地打在沥青跑道上。我的肺像是要炸开了似的,呼吸困难,我大口喘着气。

快! 快!

我跑着,耳边传来惊讶的叫声。我追上艾略特

128

了，伸出双手——从身后抓住了他。

我们两个被跑道上的一个土堆绊了一下，在跑道上打了几个滚，滚到草地上去了。其他男孩超过了我们向终点冲去。

"温迪，你捣鬼！"艾略特大叫着从地上跳起来。

"我——现在没法解释！"我向他叫道，挣扎着呼吸，好减轻胸口的疼痛。

我爬起来，去扶艾略特。他生气地要甩开我："你为什么这么做，温迪？为什么？"

我看见三个管理员向我跑来。

"快！"我对艾略特说，我拉住他，"快！"

我想他看见了我眼中的恐惧，我想他意识到了拉倒他是不得已之举，我想他也看见了我是多么的严肃。

艾略特不再指责我了，开始跟着我跑起来。

我带着他跑过草地，跑上斜坡，转过小木屋往树林里跑去。

"我们去哪儿？"他喘着气叫道，"告诉我发生什么事了！"

"你马上就会知道了！"我也向他叫道，"准备好，马上会有一股很臭的气味！"

"嗯？温迪——你是不是头昏了？"

我没回答，只是不停地跑。我向树林里的圆顶

房跑去。

在低矮的入口处，我回过身来看看我们是否被跟踪了，还好我没看见任何人。

艾略特跟着我进了剧院。里面没点火把，一片漆黑。

我摸着墙走，找到了壁橱的门。我打开门，沿着弯曲的楼梯走下去。

走到一半，那股酸味便向我们飘来。艾略特赶忙用双手捂住鼻子和嘴。"真臭！"他说道。

"还会更臭的，"我告诉他，"别去想它了。"

我们两个在长长的通道里并排走着。我希望我可以有时间来告诉艾略特他将会看见什么。

但我急着去救狄尔德、爱丽莎和其他人。

我们在难闻的气味里喘着气。我冲进了果冻国王那灯火通明的房间。水从许多管子里流出来飞溅到那怪物紫色的身体上。那怪物叹息着、呻吟着，孩子们则用力擦拭着。

我看见了我弟弟脸上那恐惧惊讶的表情。可我现在已没时间来照顾艾略特了。

"趴下！"我合起双手做喇叭状，用最大的声音叫道，"大家——趴在地板上！快！"

130

我有个计划。

可那行得通吗？

第二十八章

那怪物惊奇地睁大了那黄色的水汪汪的眼睛。他那肿胀的嘴唇张开了。我可以看见两条粉色的舌头在他嘴里伸缩着。

一些孩子放下了他们的水管和抹布，躺倒在地板上，其他的孩子转过身来盯着我。

"不要洗了！"我叫道，"放下你们的水管和抹布！停下来！趴下！"

在我旁边，艾略特发出拼命屏气的声音。我看了他一眼，他正努力不让这难闻的气味吞没了他。

当其他的孩子都听从我的话停下来时，果冻国王气得大吼了一声。浓稠的白色黏液从他的鼻子里

流了出来，他的两条舌头从紫色的嘴唇间吐了出来。

"趴下！"我对着孩子们大叫，"别动！"

接着我看见那个怪物举起了一只肥壮的紫色手臂，他发出一声可怕的叹息声，向前探身，身上全是黏糊糊的皱纹。

他伸手去抓爱丽莎了！

"救命！他要来吃我了！"爱丽莎尖叫道。她要站起来。

"不！"我叫道，"趴下！别动！"

爱丽莎害怕地大叫一声，又趴在地上了。

果冻国王放下他那肥胖的手，向她身上摸去，他想把爱丽莎抓起来。他试了一次，又一次。

可是我猜对了！那怪物的手指太大了，太笨拙了，根本没办法抓起趴在地上的任何人。

果冻国王向后扬了扬头，发出可怕的吼叫声。

恶心的气味越来越浓了，我用手捂住了鼻子。一个个蜗牛从他的皮肤里钻了出来，滚过他黏糊糊的身体，掉在地上，发出很响的声音。

怪物拍打着他的手臂，他又弯下腰去，想抓住其他的孩子。

可是孩子们紧紧地趴在地上，他没办法抓起他们。

他又吼叫了一声，这次声音弱了一些。在他那巨大的头上，他的眼睛不停地转着。

那股气味熏得我的眼睛都难受了。那气味围绕着我，臭不可闻。

果冻国王去抓一根水管，可也抓不起来。他挥手伸向一个水桶，竭尽全力去把水往身上浇。

我不再发抖了，观察着他的每一个举动。

我的计划成功了。我就知道会成功的！

那臭气变得越来越浓了。我甚至都尝得到它，我都可以在我的皮肤上闻得到它。

果冻国王拍打着双手。像发疯一样，他试图向身上浇水。

他的吼叫渐渐变成了呻吟。他的身体开始摇晃。

他眯起了双眼看着我，我不由得倒吸了一口冷气。他举起一个肥胖的手指，指着我。

他向前探身，向我袭来。

他的大手重重地打来。

我动不了，我吓坏了。

我又开始全身发抖了。

他的手滑过我的身体。我刚想挣扎，他开始收紧围绕在我身体上的又黏又臭的手指。

133

第二十九章

"哦。"我害怕地呻吟着。

那肥肥湿湿的手指越抓越紧。一阵又一阵的臭气扑鼻而来。

我屏住呼吸，可那气味无处不在。

那些手指紧抓在一起。

那怪物把我从地上举起来了，拿向他那喘着粗气的嘴巴。那两条舌头一伸一缩的。

突然那舌头奔拉了下来。

手指松开了。

我解脱了，而果冻国王却呻吟着向前扑倒了。孩子们纷纷避让，果冻国王一头栽倒在了地上。

那金皇冠弹开了。啪的一声巨响，怪物摔倒在地。

"好耶！"我高兴地叫了起来。我还在发抖，仍在试图忘记他的手抓在我皮肤上的黏糊糊的感觉。

我的计划完美地实现了。

让孩子们都停止了擦洗——让果冻国王被他自己的臭味熏死了！

"你还好吧？"艾略特的声音还在发抖。

我点了点头说："还好。我想我马上就能恢复。"

艾略特捂着他的鼻子说："我再也不会抱怨花园里老爸的肥料堆了。"

其他的孩子欢呼着、大叫着从地上爬了起来。

"谢谢你！"爱丽莎大叫着热烈地拥抱我。其他人也跑过来向我表示感谢。

我们边向外走，边有很多人和我拥抱，还有很多人都流泪了，我们走出了剧院，来到了树林里。

"我们出来了！"我高兴地向艾略特大叫道。

可是我们在树林边上停了下来，因为我们看见了管理员们。

他们都站在我们前面，穿着白色的 T 恤衫和短裤并排站着，堵住了小路。

135

　　我从他们严肃的表情上可以看出，他们可不是来欢迎任何人回来的。

　　我盯着他们的脸一个一个看过去。巴笛向前走了一步。他向其他管理员做了个手势，叫道："不要让他们走了！"

第三十章

管理员们站成一排走了过来。

他们的表情十分严肃而可怕。他们都叉着腰。

他们僵硬地走着，像没有知觉的机器人。

他们又走了两步。

突然一声尖利的哨声打破了沉默。

"站住！大家都别动！"一个男人低沉的声音说道。

我又听见一声尖利的哨声。

我转过身，看见几个身穿蓝色制服的警察向山上跑来。

管理员们摇着头，面无表情，低声说着什么。

他们没想跑。

"我们这是在哪儿?"我听见哈丽嘀咕道。

"发生了什么事?"另一个管理员问道。

他们好像都茫然不知所措。警察的哨声似乎又使他们恢复了知觉。

大批的警察向山上涌来,我和其他孩子都高兴地欢呼起来。

"你们是怎么知道我们需要帮助的?"我叫道。

"没人告诉我们,"一个警察答道,"一股可怕的气味飘到城里去了。我们想找出是什么原因,于是我们就找到这里来了。"

我真该大笑一场。那气味杀死了怪物,也救了我们这些孩子。

"我们并不知道营地里出了问题。"一个警察说道,"我们会尽快联系你们的父母的。"

艾略特和我走下山去,我们太想见到我们的父母了!

管理员们相互小声交谈着,看着四周,真不知道都发生了些什么。

我和艾略特走过巴笛身边时,我对他说:"现在觉得好点了吗?"

他眯缝起蓝色的眼睛看着我,两眼似乎不能聚焦,口中嘀咕着:"只求最佳,只求最佳……"

能够回家，我和艾略特从未这么高兴过！

"你们怎么这么长时间都没找到我们？"艾略特问道。

爸爸和妈妈都摇头。爸爸说："警察四处搜寻，想找到你们。他们给营地打了几次电话，接电话的管理员告诉警察你们不在那儿。"

妈妈咬着下嘴唇说："我们可担心了，急坏了。当我们发现那拖车里是空的，我们都不敢想像发生了什么。"

"不过，我们都安然无恙地回家了。"我咧着嘴笑着回答。

"也许明年暑假，你们两个会想去参加一个真正的夏令营。"爸爸说道。

"嗯……不可能！"艾略特和我同时回答道。

两周后来了一个不速之客。

我打开门，看见巴笛站在门廊里。他的金色头发梳得整整齐齐。他穿着长裤，一件蓝白条纹的 T 恤衫，还有一条深蓝色的领带。

"在营地里发生的事，我很抱歉。"巴笛说。

我还在惊讶于看见他的出现，没有回答他，只是扶着门盯着他。

"艾略特在家吗？"巴笛问道。

"嘿，"艾略特走到我身边，"巴笛！你好吗？"

"我给你带来了这个。"巴笛说着，伸手从裤子口袋里摸出了一块金币。

"这是块国王金币，"他告诉艾略特，"你赢得了它，记得吗？事实上，你赢了比赛。"

艾略特伸手去拿，可又停了下来，他的手就停在那儿。

我知道我弟弟在想什么。这将是他的第六块国王金币。

他该接受它吗？

最终他接过了它。"谢谢，巴笛。"艾略特说。

巴笛说了声再见，向我们挥了挥手，我和艾略特看着他钻进汽车走了。然后我们关上了房门。

"你确信你该拿这块金币吗？"我问艾略特。

"为什么不呢？"他答道，"那紫色的怪物死了——不是吗？还能发生什么呢？"

五分钟后，我们都闻到了那可怕的气味。

"该死！"艾略特痛苦地说，他费力地咽了口唾沫，"温迪，那……那是什么味儿？"他结结巴巴地说。

"我……我不知道。"我的声音在颤抖。

我听见妈妈在我们身后笑。我们转过身来看见她站在通向厨房的过道里。"怎么啦？"她问道，"我在炉子上烧了一锅怪味甘蓝！"

帕萨迪纳雪怪

翻译：莫竹芩　校译：杨燕华

第一章

我一辈子都想看到雪。

我叫乔丹·布莱克。我出生十二年了，满都是在阳光、沙滩和游泳池的漂白粉中度过的。我没感受过冷的滋味，从来没有——除非，你把有空调的超市算在内。可也不对，超市又不下雪。

直到这次探险之前，我从没感到过冷的滋味。

有人觉得，我生活在加利福尼亚州的帕萨迪纳，天气常年温暖宜人，真有运气。其实还好啦，因为要是你从未见过雪，就觉得它跟科幻电影里的东西一样。

从天上掉下来的那玩意儿？堆在地上，可以让

143

你砌堡垒、堆雪人、滚雪球？你得承认这东西确实有点儿怪。

终于有一天，我的愿望实现了。我终于可以去看雪了。不过结果却比我想像的还要怪。

怪多了。

"孩子们，注意了，酷毙了的东西就要出来了！"

在暗室的红灯下，爸爸的脸灼灼发光。我和妹妹尼科尔看着他冲洗胶卷。他用镊子把一张特殊的纸泡在显影液里。

我一生下来就看爸爸冲洗胶卷，他是个职业摄影师。不过我从没见过他对任何照片这么兴奋——他可拍过很多照片啊！

爸爸是拍自然风光照的。也不对，其实他什么都拍！

他从来就没停过。听我妈说，在我小时候，有一次看到爸爸我尖叫了起来，因为他脸前没有照相机，我认不出他来了。那时我老以为他的鼻子就是变焦镜头！

我们家堆满了让我尴尬的照片——我婴儿时候穿着肥肥的尿裤的照片、我把吃的东西抹了一脸的照片、我擦伤膝盖以后放声大哭的照片、我打妹妹的照片……

　　言归正传。我爸刚从大蒂顿山出差回来。那是横贯怀俄明州的一座大山，是落基山脉的一部分。爸爸对这次拍的照片激动得不得了。

　　他说："你们这些小家伙要是能看到那些熊就好了。整整一家子。那些小熊让我想起了你们俩，逗逗闹闹地没个完。"

　　逗?! 哈！老爸还以为我和尼科尔是逗着玩儿呢。这可说得太好听了。尼科尔这位包打听小姐都快把我逼疯了。

　　有时候我真希望她压根就没生下来。其实要让她也有这种感觉就是我的使命。我是说，我要让她觉得自己还是从没出生的好。

　　"爸爸，你本来就应该带我们去大蒂顿山的。"我向他抱怨道。

　　尼科尔说："怀俄明州每年到这个时候都非常冷。"

　　"你怎么知道的，人精小姐？"我戳了戳她的肋骨，"你又没去过怀俄明州。"

　　她解释说："爸爸在那儿的时候，我看了好多关于那儿的书。当然啦，乔丹，要是你想知道更多，图书馆有一本画册，对你正适合——专门给一年级小孩儿看的。"

145

　　我想不出回敬的话来。这就是我的问题——反

应太慢。我只好又戳了她一下。

"嘿！嘿！"爸爸喃喃地说，"别戳了，我干活呢。"

尼科尔真是个傻蛋。她不是真的傻，其实她聪明得很。不过我觉得她是聪明得都发傻了。她脑子聪明，跳过了五年级，一下跳到了我们班上。她比我还小一岁呢，可却和我同班，而且还科科成绩优秀。

爸爸泡在显影液里的照片渐渐地清晰起来。我问："爸，你在山里的时候那儿下雪了吗？"

"当然，下雪了。"爸爸边回答，边专心地干活。

我又问："那你滑雪了吗？"

爸爸摇摇头："我太忙了。"

尼科尔问："滑冰了吗？"

瞧尼科尔一副什么都懂的样子，其实她和我一样，从来就没见过雪。我们从来都没出过南加州——你一看就知道了。

我们俩一年四季都晒得黝黑。尼科尔的头发被小区游泳池里的氯气泡得金黄透绿，而我的头发则是棕色掺着些金丝。我们俩都是学校游泳队的。

尼科尔说："我敢保证妈妈的房子那儿这会儿肯定正下雪呢！"

146

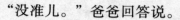

"没准儿。"爸爸回答说。

爸爸妈妈离婚了。妈妈刚搬到宾夕法尼亚去了，我们计划和她一起过暑假。不过我们得先和老爸一起待在加州，等过完这个学期再说。

妈妈给我们寄来几张她的新房子的照片。她的房子被冰雪覆盖着，我一边瞧着照片，一边想像着那冰天雪地的滋味。

我说："你不在家的时候，我们如果能住在妈妈那儿就好了！"

"乔丹，这事儿咱们都说过了。"老爸听起来有点不耐烦了，"等妈妈安顿下来，你们就可以去看她。现在，她连家具都没买呢！你们睡哪儿呀？"

我嘟囔着："睡在光地板上也比听巫婆恩斯太太在沙发上打呼噜好！"

爸爸出差的时候，巫婆恩斯太太陪我和尼科尔一起住。那简直就是一场噩梦。每天早晨我们都得打扫房间，她会检查这儿那儿的有没有灰尘。每天晚上她都给我们吃肝、球芽甘蓝和鱼头汤，外加一大杯豆奶。

尼科尔纠正我说："她不叫巫婆恩斯，她叫希恩斯。"

我故意回了她一句："这点我还是知道的，疯

147

科儿！"

暗室的红灯下那些照片愈加清晰起来。爸爸的声音里充满了兴奋。

他说："如果这组镜头一切顺利，我就可以用它们出本书。书名就叫《怀俄明州的棕熊》，作者——加里森·布莱克。对，有味道。"

他从显影液里夹起一张照片看，照片还滴着显影液呢。

"真怪！"他喃喃地说。

尼科尔问："什么怪啊？"

爸爸一言不发，放下照片。我和尼科尔赶紧瞧了照片一眼。

尼科尔说："爸，我不知道怎么说才好，不过这可是一只泰迪熊。"

那的确是一张泰迪熊的照片。一只棕色的毛绒玩具熊，坐在草地上，正咧着嘴笑呢！这和大蒂顿山的野兽比可差远了。

爸爸说："肯定是搞错了，等全部照片都洗出来以后你们就看见了，那些熊可惊人啦！"

他又夹起另一张照片，细细地研究着："呃？"

我抓过照片。又是一只泰迪熊。

爸爸又夹起第三张照片，第四张……他越翻越快。

　　"都是泰迪熊！"他疯狂地叫了起来。虽然暗室里很黑，但是我仍然可以看出他一脸的慌乱。

　　"怎么回事？"他喊着，"我拍的那些照片都到哪儿去了？"

149

第 二 章

"爸——"尼科尔说话了,"你肯定你见到的那些熊是真的吗?"

"我当然肯定了!"老爸气呼呼地对她说,"我还分得清哪个是棕熊哪个是泰迪熊!"

他在暗室里踱来踱去。"我是不是把胶卷弄丢了?"他一只手挠着脑袋,一边喃喃自语地说,"是不是有人掉包了?"

尼科尔提醒他说:"奇怪的是你一直在拍熊,而你最后得到的也是熊——只不过是泰迪熊。这可真怪啊。"

150

爸爸发疯似的在洗相台上敲着手指,自言自

语，好像快撑不住了。

"我是不是在飞机上把胶卷弄丢了？可能把随身小包和别的什么人换了？"

我转过身背对着爸爸，双肩直抖。

"乔丹？怎么啦？"爸爸抓住我的肩膀，"你没事吧？"

他一把把我扭过来。"乔丹！"爸爸大嚷，"你在……笑！"

尼科尔交叉双臂，眯缝着眼打量着我："你把爸爸的照片怎么啦？"

爸爸皱了皱眉，声音镇定了些："好了，乔丹，你这恶作剧是怎么搞的？"

我笑得气都喘不过来了："别担心，爸爸。你的照片都没事儿。"

他抓起一张泰迪熊的照片在我面前晃着："好啊！你管这叫没事儿?!"

我解释说："你去怀俄明州之前，我借你的照相机用了一下。给我的那些旧泰迪熊拍了些照片，逗着玩儿的。其余的胶卷应该有你的真熊在上面。"

我实在忍不住，非得开这个玩笑不可。

尼科尔说话了："这可跟我一点关系都没有啊，爸。我发誓！"

151

多乖的好小姐呀。

爸爸摇摇头：“玩笑？”他转过身去，又冲洗了几张。照片上有一只真正的熊宝宝正在溪水里捕鱼呢。爸爸笑了。

他把真熊的照片摆在泰迪熊的照片旁边："其实它们也没有那么大的区别。"

我知道爸爸不再生气了，他从来都是这样，这也是我喜欢耍弄他的原因之一。其实他也喜欢搞恶作剧。

他问："我跟你们讲过我是怎么耍弄乔·莫里森的吗？"乔·莫里森是爸爸的摄影师朋友。

"那次乔刚从非洲回来，他在那儿花了好几个月的时间拍大猩猩。他对自己拍的那几组神奇的大猩猩镜头喜出望外。我看见那些照片了，的确引人入胜。

"乔和一家自然杂志社的编辑安排了一次重要会面。他打算给这位编辑看看那些照片，他断定这家杂志社会跟他立马拍板。

"乔不知道我和那位编辑是大学校友。我给编辑打了个电话，叫她配合我跟乔开个小玩笑。

"乔过来看她，给她看照片。她看着照片，一言不发。

"乔终于忍受不了她犹疑不决的态度了。他脱

口喊出来：'好了！你到底喜不喜欢？'他真没耐性，这个乔。"

"那她说什么啦？"我问。

"她皱着眉说道：'莫里森先生，你是个不错的摄影师。可我担心你被骗了，你拍的那些动物根本不是大猩猩。'

"乔惊得下巴颏儿都掉了。他说：'你这是什么意思啊？它们不是大猩猩？'

"她忍住笑对他说：'那是披着大猩猩皮的人。你分不出真正的大猩猩和披着大猩猩皮的人吗，莫里森先生？'"

我哧哧笑起来。尼科尔问："然后呢？"

"乔的神经都快崩溃了。他一把抓起照片，死死盯着，大喊起来：'我不懂了！怎么能有这种事？难道我花了足足六个月的时间研究披着猩猩皮的人？'

"编辑终于大笑起来，告诉他这是个玩笑。她喜欢这些照片，希望拿去出版。乔起先还不敢相信。她花了十五分钟的时间，才让乔平静下来。"

爸爸和我一齐哈哈大笑起来。

"爸，我觉得你太坏了。"尼科尔指责道。

我的幽默感和爸爸一脉相承。尼科尔则继承了妈妈的特点，她更实际。

153

"乔从震惊中醒悟过来之后也会觉得很有趣的，"爸爸赶忙向她保证，"相信我，他也常常开我的玩笑。"

爸爸从显影液里又捞出一张照片，用镊子夹起来。上面是两只小熊在摔跤。他满意地笑了。

他说："这一卷洗出来了，真不错。不过我这儿还有很多活要干呢，孩子们。你们出去玩会儿，好不好？"

他关上红灯，打开电灯。尼科尔打开了门。

爸爸又说："可别搞得一团脏，泥球似的。今天晚上咱们还得出去吃晚餐呢。我要庆祝一下碰到棕熊的好运气。"

"我们会小心的。"尼科尔答应着。

我说："你可只代表你自己啊！"

爸爸警告我说："乔丹，我可是讲真的啊！"

"开个玩笑罢了，爸。"

一打开暗室的门，热浪就一下子冲了过来。我和尼科尔走进后院，在午后的阳光下使劲地眨着眼睛。每次从暗室里出来，我总是得花很长时间适应光线。

"你想玩什么？"尼科尔问。

"不知道。"我回答，"真热啊。太热了，什么都做不了。"

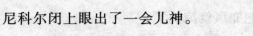

尼科尔闭上眼出了一会儿神。

"尼科尔?"我轻轻推了她一把,"尼科尔,你干吗呢?"

"我正在想爸爸大蒂顿山照片里的雪呢。这样我可以感觉凉快一点儿。"

她静静地站着,双目紧闭。一串汗珠顺着前额淌了下来。

"怎么样?"我问,"管用吗?"

她睁开眼睛,摇摇头:"不行。我从来都没摸过雪,又怎么想像得出雪是什么样的啊?"

"也是。"我叹了口气,四下打量起来。

我们住在帕萨迪纳郊区的一个小区。小区里的房子一共分三类。几英里范围内,来来回回都是这三种风格。

看起来真乏味,不知道为什么,弄得我更觉得热了。每条街上都有两排棕榈树,根本不足以遮阳。我们这条街对面有一块空地,紧挨着米勒家。我们家后院最突出的特征,可能也是整条街最突出的特征,就是爸爸那堆令人作呕的肥料。

我眯着眼又发了一会儿呆。阳光下,好像什么都发白,连草都有点儿白花花的。

我抱怨说:"烦死了,我真想大喊。"

"咱们骑会儿自行车吧。"尼科尔建议说,

155

"说不定兜兜风就凉快了。"

我说:"说不定罗兰也想去。"

罗兰·萨克斯就住在我家隔壁。她和我们同班。我们见面太多了,其实她就跟我妹妹差不多。

我们从车库推出自行车,来到罗兰家。我们把车停在她家旁边之后就绕到后院来了。

罗兰在下面垫了一条毛巾,坐在她家后院的棕榈树下。尼科尔挨着罗兰坐到毛巾上,我靠树站着。

"真热!"罗兰一边抱怨,一边撸起黄色的短裤。她高大健硕,一头褐色长发,前面有刘海儿。

她说话带鼻音,正适合发牢骚。"现在本来是冬天,别处全是冬天。一般冬天就应该下雪、结冰、雨夹着雪或者有冻雨,空气应该很冷很冷。可我们有什么呢?除了太阳,什么都没有!咱们凭什么这么热啊?"

突然,我感到后背一阵痛。

"嗷!"我猛地往前一跳。什么东西刺了我一下,又尖又刺而且冰冷冰冷的!我疼得脸都变形了。

"乔丹!"尼科尔喘着气说,"怎么啦?你怎么啦?"

156

第三章

我抓抓背上冰凉的地方。"是什么东西？"我叫唤着，"这么凉！"

尼科尔跳起来，检查我的后背。"乔丹，你被刺了！"她说，"是被紫冰棍刺的。"

我转过身来，听见一阵坏笑。米勒家的双胞胎从树后面跳了出来。

我早该知道啊。米勒家的双胞胎，凯尔和卡拉。他俩都长了一只狮子狗鼻子，一双绿豆眼，又都衬着红色短毛儿。恶心！他们还举着一对超级喷水枪，是红色的。

米勒家的双胞胎最爱搞恶作剧了。比我还厉

157

害，不过他们坏多了。

邻居家的孩子谁都怕他们。他们突袭在汽车站等车的小孩子，抢他们午饭的钱。有一次，他们还用一颗臭弹炸了萨克斯家的信箱。去年篮球比赛时凯尔打了我一拳，我脸发紫，他倒觉得挺好笑。

不知为什么，米勒姐弟俩专喜欢找我的茬儿。

卡拉和她哥哥凯尔一样可怕。我不愿意承认，不过卡拉真是一拳就能把我干掉。这是事实，去年夏天她把我打出了黑眼圈。

"'哦，真热。真热'！"卡拉模仿罗兰的鼻音取笑她。

凯尔把喷水枪从一只手转到背后的另一只手里，尽量想把动作弄得高难度点。

他吹牛说："这可是阿诺教过我的绝活儿。"

凯尔要让我知道他说的是阿诺·施瓦辛格。他自称认识阿诺。我可不大相信。

尼科尔拽了拽我的衬衣后背说："乔丹，爸爸会杀了你的！"

"为什么？"

我扭着脖子往后一看，只见白色的运动衫后背都染成了绛紫色。

"得了，这下可好了。"我咕哝着。

尼科尔提醒我说："爸爸说了别玩得脏不拉叽

的。"好像我还真要人提醒似的。

"别担心，乔丹，"凯尔说，"我们会给你弄干净的。"

"嗯——算了吧。"我小声说。我知道，甭管凯尔说的"弄干净"是什么意思，我都不会喜欢的。

果然没错。

他和卡拉举起喷水枪，对着我、尼科尔和罗兰喷了过来。

"住手！"罗兰尖叫着，"你们把我们全弄湿了！"

凯尔和卡拉疯笑了起来："你说太热的！"

我们被浇得透湿。我的衬衣湿得能拧出一杯水来。我冲他们直瞪眼睛。

凯尔一耸肩膀："我们只不过是帮帮忙。"

没错，他们是帮了忙了。

我真该庆幸，因为他们只不过把我们弄湿了。这还不算什么。

我真受不了米勒家的双胞胎，尼科尔和罗兰也受不了他们。他们有什么了不起，不就因为他们已经十三岁了，他们家后院又有个游泳池吗?!

他们的父亲在一家电影厂工作。他们俩老吹他们看过什么电影预展啊，和什么电影明星一块儿逛

过啊什么的……

可我怎么从没见过哪个电影明星在他们家出现过呢，一次都没有。

“噢，你们湿透了，”卡拉讥笑我们，“骑自行车出去吹干吗？”

尼科尔和我交换了一下眼神。虽然我们俩单独相处时不太合得来，不过一旦米勒两人在旁边我们就非得一条心不可了。

我们太了解米勒他们俩了。他们提到我们的自行车肯定是有原因的，一定是一个糟糕的原因。

“你们把我们的自行车怎么啦？”尼科尔追问。

米勒两人睁大眼睛，摆出一副无辜样儿：“谁——我们俩？才没对你们的宝贝自行车干什么呢。不信你们自己去看啊？”

我和尼科尔看了一眼罗兰家旁边我们放自行车的地方。

“从这儿看还好。”尼科尔小声说。

“有点不对劲，”我说，“有点怪怪的。”

我们走近自行车。的确是怪怪的，车把被拧松了，扭得冲着后面。

“希望你们有倒车挡。”凯尔窃窃地笑了。

通常情况下，我绝不是动不动就打架的小孩。

160

不过这次我心里的火可上来了，凯尔和卡拉这次也做得太绝了。

我扑向凯尔，和他一起摔到地上，扭作一团。我想用膝盖顶住他，不过他把我推翻了过来。

"别打了！"尼科尔大叫大嚷，"别打了！"

凯尔把我推得仰躺在地上："你以为可以把我扑倒吗，乔丹？你是个没用的大草包！"

我猛踢他。他用一只膝盖把我的肩膀顶在地上。

尼科尔歇斯底里地喊："乔丹！当心！"

我抬头一看，只见卡拉站在我头顶，手里抱着一块跟她脑袋那么大的石头，脸上泛起一片恶笑。

"扔，卡拉！"凯尔命令她。

我拼命想翻身，可动弹不了。凯尔把我顶得死死的。

卡拉举起石头，松开了手，石头正朝着我的脑袋落下来。

第四章

我闭紧了双眼。

石头正落在我的前额上，然后又弹到一边儿去了。

我睁开眼睛，看见卡拉像土狼一样地奸笑着。她捡起石头，又扔在我脸上。和上次一样，石头又弹了下来。

罗兰抓起石头。"是海绵做的。"她宣布，一边用手挤着，"是个假货。"

凯尔哈哈大笑："是电影道具，低能儿。"

"你真该看看自己的表情，"卡拉补充道，"真是只小鸡崽儿。"

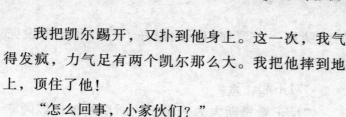

我把凯尔踢开，又扑到他身上。这一次，我气得发疯，力气足有两个凯尔那么大。我把他摔到地上，顶住了他！

"怎么回事，小家伙们？"

呃，呃……是爸爸。

我跳起来："嘿，爸，我们逗着玩呢！"

凯尔坐起身，揉揉胳膊肘。

爸爸好像根本没注意到我们在打架，他正在兴头上呢。

"听着，孩子们，我有个好消息。荒野杂志社刚刚打来电话，他们要我飞到阿拉斯加去！"

"真不错啊，爸。"我酸溜溜地说，"你又可以去做振奋人心的旅行了，可我们还得待在这儿，都快被闷死了。"

"也热死了。"尼科尔加了一句。

爸爸哈哈大笑："我给希恩斯太太打过电话，问她能不能再来陪你们——"

"可别再是希恩斯太太啦！"我大喊，"爸，她太可怕了！我受不了她做的饭，我宁可饿死也不要她陪我们！"

"饿不死的，乔丹，"尼科尔说，"就算一个人只吃面包和水，也可以轻轻松松活一个星期。"

"尼科尔？乔丹？喂？"爸爸轻轻地拍拍我们

163

俩的脑袋，"请你们听我说好不好？我还没说完呢。"

"对不起，爸。"

"反正希恩斯太太来不了，所以我想你们俩非得跟我一块儿去了。"

"去阿拉斯加？"我不禁嚷了起来。我太兴奋了，简直不敢相信这是真的！

"万岁！"尼科尔喊着，我们俩都高兴得蹦了起来。

"你们俩真幸运！"罗兰说。卡拉和凯尔站在一旁，什么都没说。

"我们要去阿拉斯加啦！"我大呼小叫，"我们可以看雪，成万吨的雪！阿拉斯加的雪！"

我已经高兴到了极点，不过爸爸还没把最有趣的部分告诉我们呢。

爸爸接着说："这个计划很奇怪，他们要我跟踪一种雪地生物，是个雪怪。"

"棒！"我高兴地直喘。

凯尔和卡拉哼了哼。

尼科尔摇摇头："雪怪？真有人见过吗？"

爸爸点点头："是有人看见了一种雪地生物。谁知道到底是什么东西。不管是什么，杂志社都要我拍下照片来。肯定是白忙活一场，因为世上根本

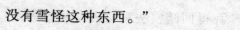

没有雪怪这种东西。"

"那你还去干什么？"尼科尔问。

我戳戳她的肋骨："管它呢，反正我们要去阿拉斯加了！"

爸爸解释说："杂志社打算付大价钱，就算咱们找不到雪地生物，我也可以拍些冻土地的漂亮照片。"

罗兰问道："冻土地是什么？"

爸爸刚要回答就被尼科尔抢了先，她插嘴说："爸，让我来。"我真想喊，她在学校也老是这样。

"冻土地是一块巨大的冰封平原，存在于阿拉斯加和俄罗斯的北极地区。冻土地这个词就是从俄语里来的，意思是——"

我一把捂住她的大嘴巴："罗兰，还有别的问题吗？"

罗兰摇了摇头："我就想知道这些。"

"你要不挡她这位天才就没完没了。"我放开尼科尔的嘴巴。她冲我吐了吐舌头。

我兴奋地说："这次旅行肯定特棒，咱们可以看见真正的冰雪！还可以追踪雪怪，棒极了！"

一个钟头之前，我们还闷得发疯呢，现在一切都变了。

爸爸笑了："我得回暗室去一会儿。别忘了，今天晚上我们要出去吃饭。"他穿过草坪回家去了。

爸爸刚走卡拉就大笑起来："雪怪！真是开玩笑！"

这是典型的卡拉，爸爸在一旁的时候她就吓得跟一只小鸡崽儿一样，连一个字儿都不敢吐。

凯尔蹦起来取笑我："阿拉斯加！阿拉斯加！我们要去看雪啦！"

卡拉嘲讽地说："你们俩会冻紫、冻僵。"

尼科尔说："我们一点儿事都不会有，不过现在该你们冻僵了！"她一把抓住卡拉的喷水枪，往卡拉脸上喷了一注水。

凯尔喊着："停！"一边朝尼科尔冲过来。尼科尔大笑着跑开了，每跑几步就转过身往他们身上喷点儿水。

"还给我！"卡拉大声喊。

米勒兄妹俩紧追尼科尔。凯尔举起喷水枪，从后面喷了尼科尔一身。

我和罗兰紧随其后。尼科尔跑进我家后院。她转过身来，又冲着米勒兄妹喷了一注水。

"你们抓不着我！"她喊着，一边喷水一边往后撤。

　　眼看着她就要退到爸爸的肥料堆了。

　　我该不该警告她呢？我琢磨着。

　　没门儿。

　　"接招！"她大喊着把水射向米勒兄妹。

　　然后她就滑倒了，仰面朝天地栽进了肥料堆。

　　"真恶心！"罗兰哼起来。

　　尼科尔慢慢站起身来。绿褐色的黏液从她头发里渗出来，顺着后背、胳膊和腿往下淌。"哎哟！"她一边尖叫一边发疯似的抹着手上那黏黏糊糊的东西，"哎哟哟！"

　　我们全都站在那儿看呆了。她看起来就像个雪怪，全身黏黏糊糊的。

　　我们正瞧着呢，爸爸突然从后门探出脑袋来喊着："你们俩准备好出去吃饭了吗？"

第五章

"就在那儿！"爸爸大声喊着想盖过小飞机引擎的轰鸣声，"伊卡内克，那就是飞机跑道。"

我往窗外看去，只见一小块棕色的空地让我们着陆。整整半个小时了，我看到的全是绵延千里的雪。啊！真是白雪皑皑啊！

太阳光下雪晶莹透亮的模样真酷啊，这让我想起了圣诞节的颂歌。我的脑海里一直哼着《冬日仙境》的曲子，甩都甩不掉，都快把我逼疯了！

飞行的时候，我一直注意着有没有大脚印。雪怪的脚印该有多大呢？能大到从低飞的飞机上看见的程度吗？

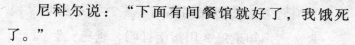

尼科尔说："下面有间餐馆就好了，我饿死了。"

爸爸轻轻拍了拍她的肩头："出发之前咱们可以饱餐一顿。不过随后就只能吃野营食品了。"

尼科尔问："在雪地上怎么生火啊？"

爸爸回答说："咱们有一间小屋住，就在冻土地上，总比睡帐篷好。小屋里应该有炉子，但愿是这样吧。"

"咱们能不能盖一座爱斯基摩人住的那种圆顶小屋，睡在里面？"我问，"要不就挖个冰洞？"

"乔丹，盖那样的圆顶小屋不是你想的那么简单，"尼科尔打断我说，"又不像用雪堆的堡垒什么的，是吧，爸？"

爸爸一边摘下照相机的镜头盖，透过机窗开始照相，一边心不在焉地说："没错，呃，呃。"

尼科尔也转向窗户。我在她身后装腔作势地模仿着她的嘴形：盖那样的圆顶小屋不是你想的那么简单。她举手投足老跟我们的老师似的，尤其是在学校她当着大家的面就这样，让我难堪极了！

"咱们怎么能找到那间屋啊？"尼科尔问，"雪地茫茫一片，好像到处都一样。"

爸爸转过身，给她照了一张。"你说什么，尼科尔？"

169

"咱们怎么才能找到那间小屋？"尼科尔又说了一遍，"你知道怎么用指南针吗，爸爸？"

"指南针？不会，可是不要紧。一个叫阿瑟·麦克斯威尔的人会来机场接我们。他是我们在冻土地的向导。"

飞行员扭头对我们喊道："我认识阿瑟，他是个老行家，对狗和雪橇了如指掌。依我看，他比谁都了解阿拉斯加的这块地方。"

"也许他还见过雪怪呢。"我提醒爸爸。

"你怎么知道这儿真有这种东西？"尼科尔奚落我，"我们可还没见到任何证据呢。"

"尼科尔，有人亲眼见过，"我回答她，"再说如果没有这东西，咱们来这儿干什么呢？"

"有人说见过，"尼科尔说，"说不定他们以为见到过。没掌握更多事实之前我是不会相信的。"

飞机在小镇上空盘旋。我玩弄着新防寒服上的拉链。几分钟以前，我就饿了，不过，眼下我已经兴奋得忘了吃的事。

我想，下面真的有雪怪。肯定有。虽然飞机的加热器喷出一股热流，可我还是感到一阵寒意。

如果找到它该怎么办呢？会发生什么事呢？

如果雪怪不想拍照呢？

170

飞机飞得很低了，正准备降落。着地的时候我们颠了一下，接着就是滑行。飞行员拉制动器时，飞机往前倾了一下。

跑道的尽头隐约有个什么大东西。那东西又大又白，奇形怪状。

"爸，看啊！"我喊道，"我看见啦！雪怪！"

171

第 六 章

飞机刺叫着停在大怪物面前。

爸爸、尼科尔、飞行员全都哈哈大笑——是笑我呢。

真讨厌，可我没法怪他们。巨大的白色怪物原来是只北极熊。

一座北极熊的雕像。

"北极熊是这个镇的标志。"飞行员解释道。

"哦。"我哼哼着。我知道我满脸羞赧，赶紧转身走开了。

172

"乔丹知道，"爸爸说，"这不过是他的又一个恶作剧罢了。"

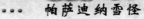

"呃——就是。"我附和着说，"我一开始就知道它是个雕像。"

"才不是呢，乔丹，"尼科尔说，"你真的吓着了！"

我推了尼科尔的胳膊一下："我才不怕呢！我开玩笑的。"

爸爸一左一右搂着我们俩，对飞行员说："一路上有这俩小家伙陪着，不错吧？"

"你这么说就算是吧。"飞行员回答。

我们跳下飞机，飞行员打开行李舱，尼科尔和我各自抓起自己的背包。

爸爸买了一个很大的密封箱子，装胶卷、照相机、食品、睡袋，还有其他补给。飞行员帮他把密封箱抬下跑道。

箱子非常大，连爸爸都装得下。我不由联想起一具红色塑料棺材。

伊卡内克机场的休息厅就像一间小木屋一样，总共才两个房间。两名飞行员身穿皮夹克，正坐在桌前打牌呢。

一个高大健硕的男人站起来，穿过房间，朝我们迎来。他长着深色的头发，胡须很厚，粗糙的皮肤。灰色的防雪衣敞开着，露出里面的法兰绒衬衣和鹿皮裤。

173

我知道了，他就是我们的向导。

"是布莱克先生吗？"那人对爸爸说，他的声音低沉而沙哑，"我是阿瑟·麦克斯威尔。要不要帮忙？"他从飞行员手中接过箱子的另一端。

"你带的箱子可真大，"阿瑟又说，"你真的需要这么多东西？"

爸爸脸红了："我有很多相机和三脚架什么的……哦，可能行李打得太多了。"

阿瑟冲我和尼科尔皱了皱眉头："我看就是。"

"叫我加里吧。"爸爸说，"这俩是我的孩子，乔丹和尼科尔。"他朝我们这边点点头。

尼科尔说了声："嗨。"我加了一句："很高兴见到你。"该礼貌的时候，我是做得到的。

阿瑟盯着我们，哼了一声。

过了一分钟，他才冲爸爸嘟囔了一句："你可没有提过带孩子。"

"我肯定说过的。"爸爸表示抗议。

"我可不记得。"阿瑟皱着眉头回答说。

大家都沉默了。我们推开机场的大门，走上一条土路。

我说："我饿了，咱们进城吃点东西吧。"

"阿瑟，这儿到城里有多远？"爸爸问。

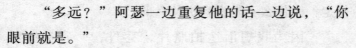

"多远？"阿瑟一边重复他的话一边说，"你眼前就是。"

我惊讶地四处张望。这里只有一条路。从机场开始直到大概两个街区以外的一堆雪那里结束。沿街散落着几栋木头房子。

"这就是？"我惊叫起来。

"这里可不是帕萨迪纳，"阿瑟嘟囔着，"不过，这是我们的家乡。"

他带领我们顺着泥泞的土路，来到一家叫做贝蒂的汽车餐馆。

"我猜你们都饿了，"他嘟囔着说，"出发前最好吃一顿热饭。"

我们在靠窗的隔间坐下来。我和尼科尔点了汉堡包、炸薯条、可乐，爸爸和阿瑟点了咖啡和焖牛肉。

"我准备好了四条狗和雪橇，"阿瑟说，"狗可以拖你这只箱子和其他补给。我们就跟着雪橇走。"

"没问题。"爸爸说。

"哇！"我抗议起来，"我们得走路？多远？"

"十英里左右。"阿瑟回答说。

"十英里！我从来没走过那么远。为什么我们

得走？为什么不坐直升机什么的？"

"因为我想沿途拍照片，乔丹，"爸爸解释说，"这一路上风景奇幻多姿。还不知道咱们会碰到什么呢。"

我想，说不定我们会碰到雪怪。要是那样，可太酷了。

我们的饭菜上来了。大家吃得很安静。阿瑟根本不正眼看我。他根本没正眼看我们中的任何一个。他边吃边望着窗外，外面的街上，一辆吉普车刚刚驶过。

"你见过我们要找的这种雪地动物吗？"爸爸问阿瑟。

阿瑟用叉子叉起一块肉，塞进嘴里，嚼起来。他嚼啊嚼。爸爸、尼科尔和我眼巴巴地望着他，等他回话。

他终于咽下去了。"从来就没见过，"他说，"不过听说过。有好多传说。"

我等着想听他讲一个，可阿瑟却继续吃了起来。

我实在等不得了："什么传说啊？"

他用面包抹了抹肉酱汁，塞进嘴里，嚼了嚼，咽了下去。

他说："镇上有两个人说见过那怪物。"

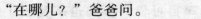

"在哪儿？"爸爸问。

"靠大雪山那边，"阿瑟说，"雪橇夫的屋子再过去一点儿就是。咱们就住那儿。"

"它长什么样子？"我问道。

"他们说它挺大的，"阿瑟说，"挺大，全身长满了棕色的皮毛，看起来像只熊。其实不是，它用两只脚走路，和人一样。"

我打了个寒战。雪怪听起来倒像一部恐怖电影里见过的山洞怪物。

阿瑟摇摇头："照我看，我们找不到它更好。"

爸爸拉长了下巴："可我们来这儿就是为这个目的。我的工作就是要找到它，如果它确实存在的话。"

"存在是存在，"阿瑟宣布说，"我的一个朋友，也是驾雪橇的，有一天出去赶上了大风雪，正好撞上雪怪。"

"怎么样啦？"我问。

"你们可能不想知道。"阿瑟往嘴里塞了些面包。

"我们当然想知道啦。"爸爸坚持着。

阿瑟捋了捋胡子："怪物拎起一只狗走了。我的朋友在后面追，想把狗抢回来，可就找不到，只

177

听见狗在悲嗥，嗥得可怜。不知道那狗出了什么事，反正听起来糟糕透了。"

"可能它是食肉动物，"尼科尔说，"吃肉的。这附近大多数动物都是。这里的植被太少——"

我狠戳尼科尔："我想听的是雪人的事，不是你那些愚蠢的自然常识。"

阿瑟不耐烦地瞥了尼科尔一眼。我猜他在想，她是从哪个星球来的？反正我总是在想这个问题。

他清了清嗓子，继续说："我的朋友回到镇上。他和另一个伙计出发想抓到雪怪。要我说，他们实在是傻瓜。"

"后来，他们怎么样了？"我问道。

"不知道，"阿瑟说，"他们再没有回来。"

"啊？"我张大嘴望着我们高大的向导，使劲咽了口唾沫，"你说什么？你是说他们没有回来？"

阿瑟严肃地点了点头："他们再没有回来过。"

第七章

"他们可能在冻土地上迷路了。"爸爸提醒说。

"不一定,"阿瑟说,"他们俩熟门熟路的。那怪物把他们杀了。就这么回事。"

他停了停,又接着往另一片面包上涂黄油。

"乔丹,合上嘴,"尼科尔说,"我可不想瞧你嚼烂的薯条。"

想必我一直都大张着嘴。我连忙闭嘴,把饭咽了下去。

我觉得阿瑟是个古怪的家伙,可他并没有对我们撒谎。显然他相信有雪怪。

179

尼科尔问他："还有别人见过雪地怪物吗？"

"有。纽约来的一群电视台的人。他们听说了我朋友的事就来镇上调查。可是出发去冻土地后就也没回来。我们最后找着了其中的一个，冻死在一块冰坨子里了。谁知道其他人怎么着了。"

"后来还有卡特太太，她就住在主街尽头，没过几天她也看到雪地怪物了。"阿瑟用低沉的声音继续说，"她用望远镜看到它就在冻土地上。她说，它正在啃骨头呢。要不信你们自己去问问她。"

爸爸发出了点声响。我瞧了他一眼，他拼命想止住笑。

我不觉得有什么好笑的。听起来这个雪地怪物可怕极了。

阿瑟瞪了爸爸一眼说："布莱克先生，您不相信就别信。"

"叫我加里就行了。"爸爸又说了一遍。

"我高兴怎么叫就怎么叫。布莱克先生，"阿瑟厉声说道，"我说的都是真的。那怪物是真的，而且它还杀人！你们跟踪它就是冒险。谁都抓不住它。去找它的……都没回来。"

"我们还是要试试看。"爸爸说，"我以前在世界其他地区也听说过这类的故事。什么丛林怪兽，什么海洋怪物之类的故事。但迄今为止这些传说没有一个是真的。我有个感觉，这个雪怪的故事也不会有什么不同。"

我一边真的希望见到这种雪地怪物，一边又希望爸爸说得对。我在想，为这个死去多不值啊——我到这里不过就是想看看雪而已！

"好吧，"爸爸边说边擦嘴，"咱们走吧。大家准备好了吧？"

"我准备好了。"尼科尔应声回答说。

我说："我也好了。"我实在等不及了，想马上到雪地里去。

阿瑟一言不发。爸爸付了午饭钱。

等着找钱的时候我问："爸，要是雪怪是真的怎么办？要是我们撞见它了该怎么办呢？"

爸爸从外套口袋里拉出一个小巧的黑东西。

"这是无线电对讲机，"爸爸解释道，"如果我们在野地里有麻烦，我可以和镇上的护林站对话。他们会派直升机来救我们。"

"什么样的麻烦，爸爸？"尼科尔问。

爸爸向我们保证说："肯定不会有麻烦，不过以防万一总是有好处的，对吧，阿瑟？"

阿瑟咂咂嘴，清清嗓子，但没有答话。看得出来他很生气，因为爸爸不相信他说的雪地怪物的事

181

儿。

　　爸爸把无线电对讲机放回外套口袋里，给女侍者留了点小费。接着，我们就鱼贯而出，走入阿拉斯加的冷风之中，准备向冻土地出发。

　　雪怪是不是正在那儿等着我们呢？

　　一会儿就知道了。

第 八 章

啪！

正中靶心！我的雪球正好打中尼科尔背包的中心。

"爸！"尼科尔大叫，"乔丹拿雪球打我！"

爸爸正端着胸前的相机，和往常一样劈里啪啦地照着。他心不在焉地说："好啊，尼科尔。"尼科尔翻了翻白眼。

然后，她一把剥去我的滑雪帽，塞满雪，扣在我头上。

雪流到我脸上，冰得我的皮肤直发烧。

起先我以为雪是凉凉的。可以攥在手里，搓成

183

雪球；摔在雪地里，也受不了伤；放在舌头上，它就融化成水。

可是，我开始感到冷了，脚趾和手指都渐渐发麻。我们已经步行走出镇子两英里了，回头什么都看不见，只有冰天雪地。

我的手一边在手套里攥来攥去一边想，距离小屋还有八英里。还有八英里！好像得走一辈子！四周除了雪，什么都没有，绵延千里的雪啊。

爸爸和阿瑟在雪橇旁跋涉。阿瑟带了四条阿拉斯加爱斯基摩狗，它们是宾扣、罗基、丁丁，还有尼科尔最喜欢的拉斯。它们一齐拉着又长又窄的雪橇，拖着爸爸的大箱子和其他东西。

我和尼科尔每人一个背包，里面装满了应急食品和各种补给。以防万一嘛，爸爸说的。

万一发生什么呢？我暗想着。万一我们丢了？万一狗拉着雪橇跑走了？万一雪怪把我们抓了？

爸爸给狗拍照，给我们拍照，给阿瑟拍照，还给雪地拍照。

尼科尔往后一仰躺进一个雪坑。"看哪，雪地天使！"她上下挥舞着手臂喊道。

184

她跳起来，我们一起察看着留在地上的"雪地天使"的印迹。"酷！"我不得不承认。我也仰躺在地上，做了一个雪地天使。尼科尔靠近前来正想细看的时候，我举起雪球就是一击。

"嗨，"她叫着，"你等着瞧吧！"

我飞身跃起，跑开了。厚厚的积雪在我的脚下嘎吱作响。

尼科尔紧追不舍。我们跑到狗拉的雪橇的前头。

"小心点，孩子们！"爸爸在身后喊，"别惹麻烦！"

我绊倒在雪地上，尼科尔趁机直扑过来，我扭身挣脱，又跑了。

我们能惹什么麻烦呢？我一边咯吱咯吱地踏雪而行，一边思忖着。方圆几英里除了雪什么也没有。在这儿连丢都丢不了！

我转身一边冲尼科尔挥手一边倒着往前跑。我奚落她说："资料小姐快来抓我啊！"

"叫人家的外号最幼稚啦！"她一边嚷嚷一边追过来。

紧接着，她停了下来，指着我的身后说："乔丹！小心！"

"嘿嘿，我才不会中你这老掉牙的圈套呢！"我回了她一句。我朝后蹦了一下，眼睛一直盯着尼科尔以防她出损招用雪球砸我。

"乔丹，我不是开玩笑，"她尖叫着，"停下！"

185

第九章

砰！

我仰面朝天，重重地摔在一堆雪里。"啊！"我哼哼着，吃了一惊。

我使劲喘了一口气，朝四周望去。

原来我掉进了一个很深的雪沟里。我坐在雪堆里，浑身发抖，四周都是蓝色冰石组成的狭窄绝壁。

我站起身，向上看去。雪沟的开口距我头顶至少有二十英尺。我发疯似的挠着冰墙，抓住了一块突出的石头，又摸索着找到一处搁脚的地方，想爬出去。

往上爬了两英尺后，我的手一打滑，又溜回到沟底。我再爬。冰太滑了。

我怎么出去啊？

爸爸和尼科尔呢？我用手套暖着脸。他们怎么不来救我啊？我会在这底下冻僵的！

尼科尔的脸在沟顶出现了。这辈子，我还从来没这么高兴地看见她。

"乔丹？你还好吗？"

"帮我出去！"我大喊。

"别担心，"尼科尔安慰我，"爸爸马上就来了。"

我斜靠在沟墙上，因为阳光射不到沟底。我的脚趾好像都要断了，冷得钻心！我跳上跳下地保着暖。

几分钟后，听见了爸爸的声音："乔丹？你受伤了吗？"

"没有，爸！"我抬头冲他喊。他和尼科尔、阿瑟全从沟顶上面往下看我呢。

"阿瑟要往下放一根绳子，"爸爸对我说，"抓住绳子，我们把你拉出来。"

我闪到一边，阿瑟投下打了结的绳子的一头，我用戴了手套的双手抓住了绳子。

阿瑟喊："起！"

爸爸和阿瑟一起拽绳子。我把脚搁在冰壁的立足点上，撑住自己。绳子从手中滑开，我就抓得更紧。

"坚持，乔丹！"爸爸在喊。

他们又开始拉。我感到手臂都快脱臼了。"噢！"我大喊，"慢着！"

慢慢地他们把我拉到了沟顶。我自己已经起不了什么作用了，两脚只会在冰壁上打滑。爸爸和阿瑟每人拽住我一只手，把我从沟里拉了出来。

我躺在雪地上使劲地喘着气。

爸爸查看着我的胳膊和腿，看看有没有扭伤或折断。"你肯定没事吗？"他问。

我点点头。

"带着孩子来本身就是个错误，"阿瑟嘟囔着，"要知道，雪地并不像看上去的那么坚固。要是我们没看见你掉下去，可能就永远找不到你了。"

"我们得小心点，"爸爸附和着说，"我要你们俩紧挨着雪橇走。"他侧身靠在雪沟边，拍了一张照。

我站起来，拍拍屁股上的雪。"从现在开始我会小心的。"我向他们保证。

"很好。"爸爸说。

"咱们得往前走了。"阿瑟说。

我们又开始在雪地里穿行。我不时推一推尼科尔，她也推我。不过我们俩比以前安静多了，谁都不想在雪洞底下活活冻死！

走着走着，爸爸突然问阿瑟："离小屋还有多远？"

"还有两英里。"阿瑟回答说，他指着远处陡峭的雪山，"你们看见那边隆起的雪坡了吗？那就是上次怪物出现的地方。"

我暗想，如果雪怪上次就在那个雪坡那儿出现，那它现在在哪儿呢？

它看得见我们吗？它有没有藏在什么地方正瞅着我们呢？

一路上我的目光一直没离开过那个雪坡。我们走得越近，它似乎变得越大。雪坡上镶嵌着松树和大石头。

又过了大约一小时，一个棕色的小斑点出现在一英里开外的地方。

"那就是雪橇夫荒废的小屋，咱们就在那儿过夜。"爸爸解释道，他搓着两只手套，又说，"坐在劈啪作响的火边，肯定非常惬意。"

189

我拍打着手套好让双手血液流通。"我等不及

了，"我赞成地说，"这儿足足有零下两千多摄氏度！"

"其实是零下十摄氏度，"尼科尔宣布说，"至少这是这片地区每年这个时候的平均气温。"

"谢谢你，天气预报女孩。"我开玩笑地说，"现在体育新闻时间到了，阿瑟该你了？"

阿瑟的眉头快皱到胡子里去了。看得出来，他觉得这个笑话一点儿也不可笑。

他落在后面检查着雪橇尾部。爸爸转过身，给阿瑟抓拍了一张。

"等我们到了雪橇夫的小屋的时候我得再拍几张风景照，"爸爸一边换胶卷一边说，"说不定也拍拍这个小屋。然后咱们就全部上床睡觉，明天的任务可重了。"

等我们到达小屋的时候已经快晚上八点了。

"我们来这儿用的时间太长了，"阿瑟嘟囔着，"我们吃完午饭就离开了镇子。本来五个小时就够了。孩子的事故把我们给耽搁了。"

爸爸站在离他几英尺的地方，一边听他说着话，一边给他拍了个特写。

"布莱克先生，你听我说的话了吗？"阿瑟吼着，"别照了！"

"什么？"爸爸任由照相机滑落到胸前，

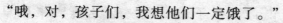

"哦，对，孩子们，我想他们一定饿了。"

我四下查看着雪橇夫的小屋，没用多久就转完了。木屋里除了一个烧木头的旧炉子和几张破烂的床之外空空如也。

"小屋怎么这么空呢？"尼科尔问。

"雪橇夫不在这儿歇脚了，"阿瑟向我们解释着，"因为他们害怕怪物。"

这话听起来可不妙。我看了尼科尔一眼，她翻了翻白眼。

阿瑟把狗安置在小屋外面的披屋。这间披屋背靠小屋的后墙而建，里面堆满了麦秆，供狗们睡觉。我看到屋角放着一副生了锈的旧雪橇。

接着，阿瑟生起了火，准备晚餐。

"明天我们要搜寻这个所谓的怪物，"爸爸宣布说，"大家都睡个好觉。"

吃完晚饭我们都缩进了睡袋。我躺在那儿听着外面的风声，好久都睡不着。好像正聆听雪怪冬冬的脚步声。

"尼科尔，起来！"尼科尔在睡袋里翻了个身，胳膊肘正好戳到我的肋骨。我推开她的胳膊，又往暖烘烘的睡袋里面钻了钻。

尼科尔睁开眼睛。灿烂的晨光洒进小屋。

爸爸说："孩子们，我一会儿就回来做早餐。"他正坐在椅子上系雪靴的鞋带儿呢，"我得先出去看看狗，阿瑟几分钟前刚出去喂它们了。"

他裹好衣服，走了出去。我揉揉鼻子，好冷。炉子里的火半夜就熄了。谁都没重新生火。

我强迫自己爬出睡袋，开始穿衣服。尼科尔也开始穿。

"你觉得这个烂房子会不会有热水洗澡的地方？"我大声说。

尼科尔冲我怪笑着："你心里很明白，这里不会有热水浴的，乔丹。"

"哦，嗷呜！真是难以置信！"爸爸的喊声从屋外传了进来。

我把脚胡乱地塞进靴子，冲出大门。尼科尔在后面推我。

爸爸站在雪橇夫的小屋的一侧，正目瞪口呆地指着地上。

我往下一看，只见雪地里有一些深深的脚印。巨大的脚印。巨大无比的脚印。

好大的脚印啊，只有怪物才踩得出来！

第 十 章

"真不敢相信。"爸爸盯着雪地，喃喃自语。

阿瑟从披屋赶过来，看到这些脚印后就停了下来。

"不得了！"他叫道，"它来过这儿了！"

他红润的脸变得苍白，下巴吓得发抖。

"我们得离开这里，赶快！"他用低沉而恐惧的声音对爸爸说。

爸爸尽量让他平静下来："别慌，咱们不能这么快就下结论。"

"咱们危险极了！"阿瑟坚持说，"怪物就在附近！它会把咱们一个个撕成碎片！"

尼科尔跪在雪地上，仔细研究着这些脚印。"你觉得这是真的吗？"她问道，"是真的雪怪的脚印吗？"

她觉得就是真的，我觉得她确实相信是真的。

爸爸跪在她旁边："我觉得像是真的。"

我看到他眼睛一亮，抬起头来满腹狐疑地眯起眼睛看着我。

我开始往后退。

"乔丹！"尼科尔责备地大喊。

我实在忍不住了，放声大笑。

爸爸摇摇头："乔丹，我早该知道的。"

"什么？"阿瑟大惑不解的样子，接着生起气来，"你是说是这孩子搞的脚印？开玩笑？"

"恐怕是这样的，阿瑟。"爸爸叹了口气。

阿瑟狠狠地瞪着我。胡子下的那张脸红得像一大块生牛排。

我不禁向后缩，阿瑟让我害怕。他是真不喜欢孩子，特别是爱恶作剧的孩子。

"我还有活儿要干。"阿瑟嘀嘀咕咕地转身踏着雪走开了。

"乔丹，你这个坏人！"尼科尔说，"你什么时候干的？"

"今天我醒得早，就溜出来了，"我向她承

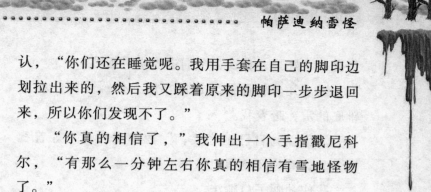

认，"你们还在睡觉呢。我用手套在自己的脚印边划拉出来的，然后我又踩着原来的脚印一步步退回来，所以你们发现不了。"

"你真的相信了，"我伸出一个手指戳尼科尔，"有那么一分钟左右你真的相信有雪地怪物了。"

"才没有呢！"尼科尔抗议着。

"没错，你信了。我把你骗了！"

我的目光从尼科尔不满的脸上移到爸爸那张严厉的面孔。"你不觉得好笑吗？"我问，"开开玩笑嘛！"

爸爸通常很喜欢我开玩笑。

这次可不是。

"乔丹，我们这会儿不是在帕萨迪纳的家里。我们是在荒无人烟的野外，阿拉斯加的野地。一切都可能变得非常危险。昨天掉进雪沟的时候，你也看到了。"

我点点头，耷拉下脑袋。

"我说真的，乔丹，"爸爸警告我，"别再搞恶作剧了。我是来这里干活的，我不希望你和尼科尔或我们任何人出什么事。明白了吗？"

"是，爸。"

大家都沉默了好一会儿。然后，爸爸拍拍我的

195

背说："好了，那么，咱们进屋吃早饭吧。"

过了几分钟阿瑟才返回小屋。他跺跺脚，掸下靴底的雪，瞪着我。

"你以为自己挺好笑，"他嘟囔着，"等着看雪人吧，看你还笑得出来不？"

我使劲咽了口唾沫。

如果要我回答的话，一定是笑不出来。绝对笑不出来。

第十一章

早餐过后，我们把狗拴到雪橇上，向着雪坡进发。阿瑟不愿搭理我，看都不愿看我。我想他对我的玩笑很恼火。

别人都原谅我了，我暗想，他怎么不呢？

我和尼科尔走在雪橇前头，和狗们并行。身后爸爸的相机喀嚓喀嚓地响着，我知道他肯定找到什么好东西拍了。我回身看去。

一大群麋鹿正朝我们的方向跑来，一起向雪坡奔去。我们停下脚步看它们。

"看看，"爸爸小声说，"真了不起。"他赶紧装上新胶卷，又开始拍了起来。

197

麋鹿静静地踏雪而行，鹿角高耸。它们偶尔停下来，嚼着灌木。阿瑟拉紧领头狗的缰绳，好让它别汪汪乱叫。

突然，一只麋鹿抬起头来，仿佛感觉到了什么。

其他麋鹿也紧张起来。它们掉头穿过冻土地，飞驰而去，四蹄越过雪地，轰然作响。

爸爸的照相机跌落在胸前。"真奇怪，"他说，"不知发生了什么事？"

"什么东西吓着它们了，"阿瑟冷冷地说，"不是我们，也不是这些狗。"

爸爸扫视着地平线："那到底是什么呢？"

我们等着阿瑟回答。可他只是说："咱们应该马上掉头回镇子去。"

"我们不会回去的，"爸爸坚持着，"都跑了这么远了。"

阿瑟盯着他："你到底想不想听我的意见？"

"不听，"爸爸回答说，"我在这里有工作要做，何况我雇了你做事。没有充分的理由我们是不能回去的。"

"咱们有一个很好的理由，"阿瑟说，"只不过你不想朝那儿想。"

"继续前进。"爸爸下命令了。

阿瑟皱着眉喊了一声"喁"。雪橇开始移动了。我们跟在后面，朝雪坡行进。

尼科尔走在我前面几英尺的地方。我捡起一团雪，团成雪球。可转念一想，还是别扔了。好像谁都没心情玩雪球大战。

我们踏着雪，连续跋涉了两个小时。我摘下手套，蜷蜷手指。上嘴唇都结霜了，我一把把它抹掉。

我们来到雪坡脚下的松树旁。突然，狗们突然止住，开始狂吠。

"喁！"阿瑟喊道。

狗拒绝前行。

尼科尔跑上去看她心爱的狗拉斯："怎么啦，拉斯？怎么啦？"

拉斯嚎叫着。

"它们出什么事啦？"爸爸问阿瑟。

阿瑟的脸又白了，两手都在发抖。他目光定定地望着树丛，发亮的雪使他眯起了眼睛。

"有什么东西把这些狗吓着了，"他说，"你看它们的毛全竖起来了。"

我轻轻拍拍拉斯。果然，它的毛倒竖起来，开始狂吠。

"这些狗平时几乎什么都不怕，"阿瑟说，

"不论是什么东西，可这次把它们吓坏了。"

四条狗一齐狂吠了起来。

尼科尔紧紧地靠住爸爸。

"雪坡上有什么危险的东西，"阿瑟说，"危险，而且离这儿很近。"

第十二章

"我警告你，布莱克先生，"阿瑟说，"我们得回头。"

"绝不，"爸爸抗议说，"我们不回去，我是说真的。"

狗们狂叫着，不停地摆动。阿瑟摇摇头："我不会往前走了，狗也不会。"

爸爸冲着狗大喊"嘚！"可它们一边狂吠一边开始后退。

"嘚！"他又喊。狗们不但没有往前走，反而要掉头往回走。

201

"你让它们不舒服了，"阿瑟说，"它们不会

再往前走了，我告诉过你的。"

"如果现在回头，"阿瑟又说，"还可以趁天黑之前赶回小屋。"

"我们怎么办，爸爸？"我问。

爸爸皱着眉："也许阿瑟是对的。显然有什么东西把这些狗吓着了。可能附近有熊什么的。"

"不是熊，布莱克先生!"阿瑟坚持说，"狗被吓着了，我也是。"

他掉头朝雪橇夫的小屋走去。

"阿瑟!"爸爸大喊，"回来!"

阿瑟没有回头。他一言不发，继续走。

我想，他是真的吓坏了，后背不由得袭来一阵寒意。

狗们还在狂吠，而且拖着雪橇打转，开始追着阿瑟往回走。

爸爸朝树林望望："要是能看到那儿有什么就好了。"

"咱们看看吧，"我催他说，"甭管是什么，都可能是一张了不起的照片。"这话通常能打动爸爸。

他回头看看往小屋奔去的阿瑟、狗和雪橇："不，太危险了。我们别无选择，走吧，孩子们。"

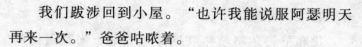

我们跋涉回到小屋。"也许我能说服阿瑟明天再来一次。"爸爸咕哝着。

我什么也没说，但有种感觉，想让阿瑟爬上那座雪坡可没那么容易。

我想，也许阿瑟是对的，那些狗真的吓坏了，的确是很让人毛骨悚然的。

我们回到小屋的时候，阿瑟正把狗从雪橇上松开。那些狗已经平静多了。

我扯下背包，瘫倒在睡袋上面。

"我们还是吃晚饭吧。"爸爸嘟囔着，我看得出他情绪很坏，"乔丹，你和尼科尔去捡些生火的木头来吧？不过得当心啊。"

"我们会的，爸爸。"尼科尔保证说。

我站起身朝屋外走去。

"乔丹，"爸爸责备我，"背上你的背包。你走到哪儿都得背背包，明白吗？"

"我们只是去找柴火！"我争辩道，"我背累了。就去几分钟而已嘛，再说啦，尼科尔背着她的包呢。"

"别跟我争，"爸爸吆喝道，"万一你丢了，背包里的食物可以维持你等到我们救你。一离开这个小屋，就背上包，听明白了吗？"

天哪，他的情绪真的很糟。"明白了。"我说

着，背上了背包。

我和尼科尔咯吱咯吱地穿过雪地，来到最近的树旁。那些树在大约半英里之外，排成一个雪山脊。

我们开始攀雪山脊。我先到了脊顶。

"尼科尔，看！"

山脊的另一侧，有一条冰封的溪流。自打出发以来，这还是我们第一次见到水。

我和尼科尔滑下山脊，往结冰的溪水里看，我用脚探了探冰。

"别踩上去，乔丹！"尼科尔叫唤着，"你会掉进去的。"

我用靴子尖踢了踢冰。"很坚固。"我告诉她。

"那也别踩上去，"尼科尔说，"别冒险。要是你再出事，爸爸会杀了你。"

"不知道这水下面有没有鱼。"我边说边望着冰层下面。

"我们应该告诉爸爸，"尼科尔说，"他可能要把它拍下来。"

我们离开小溪，去捡树下的枯树枝，我们把树枝拖过山脊，穿过雪地，拖回小屋。

我们冲进小屋时爸爸说："孩子们，谢谢

204

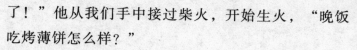

了！"他从我们手中接过柴火，开始生火，"晚饭吃烤薄饼怎么样？"

现在他又雨过天晴了，我这样想着，轻松起来。

尼科尔告诉爸爸那条冰冻的小溪。

"有意思，"爸爸说，"等吃过晚饭，我就去看看。除了冰和雪，我总得找点别的东西拍一拍吧。"

烤薄饼吃得大家喜气洋洋的，除了阿瑟。

他吃了好多，可说的很少。好像有点神经质。叉子掉在了地上，他一边自言自语地捡起叉子，一边连擦都不擦就又开始吃了起来。

吃完晚饭以后，我和尼科尔帮爸爸收拾。

正在我们收拾补给品的当儿，狗群又开始叫了起来。

我看见阿瑟整个人都僵了。

"是什么？"我叫起来，"是什么让狗这么慌？"

第十三章

狗使劲地叫。

外边有人吗？

野兽，还是怪物？

"我去看看。"阿瑟严肃地说。他穿上外套，戴上羊绒帽子，匆匆走出小屋。

爸爸抓起外套。"待在这儿别动。"他叮嘱我和尼科尔，跟着阿瑟出去了。

我们对视着，听着狗叫。过了几秒钟，吠叫声停了。

爸爸探头进屋："没什么。不知道是什么把它们吓慌了，阿瑟正在安抚它们呢。"

爸爸抓起照相机："你们俩睡会儿觉，好吗？我去看看那条小溪。不会去很久的。"

他把相机挂在毛皮外套的领子上。小屋的门在他身后砰地关上了。

我们听见爸爸踩雪的脚步声，然后万籁俱寂。我和尼科尔各自爬进自己的睡袋。

我侧过身子，使自己舒服些。现在已经过了晚上八点，可外面依然明亮。太阳透过小屋的窗户照进来。

亮光让我想起小时候的情形。妈妈习惯让我午后打个盹，可白天我怎么也睡不着。

我闭上眼睛，又睁开，毫无睡意。

我扭过头去看尼科尔。她仰躺着，眼睛睁得大大的。

"我睡不着。"我说。

"我也是。"她回答。

我在睡袋里蠕动着。

"阿瑟在哪儿？"尼科尔问，"我真纳闷，他怎么搞这么久？"

"大概和狗在一起呢。"我说，"我觉得他喜欢狗胜于喜欢我们。"

"绝对的。"尼科尔表示同意。

我们翻来覆去。天空依然明亮。光线透过窗户

倾泻下来。

"算了，"我哼哼着，"咱们还是出去堆雪人什么的吧。"

"爸说了要待在这儿的。"

"我们不走远，就在小屋边上。"我向她保证。

我爬出睡袋，开始穿衣服。尼科尔也坐起来。

"我们不该这样。"她警告我说。

"得了。能出什么事啊？"

她站起来，穿上毛衣。"如果不动动我也会发疯的。"她总算承认了。

我们穿好衣服，我拉开小屋的门。

"乔丹，等着，"尼科尔叫道，"你忘了背包。"

"我们就去门外。"我抱怨着。

"来嘛，爸说过，我们必须这样。万一他发现我们出去了，会气得要命。如果你还不背上你的包，他会暴跳如雷的。"

"哦，好吧。"我嘀咕着，把背包拉上肩膀，"好像我们真要出什么事儿似的。"

我们出门，走进冰天雪地。我踢着雪。

尼科尔一把抓住我的外套袖子。"听！"她小声说。

只听见小屋后面传来咯吱咯吱的脚步声。"是阿瑟。"我告诉她。

我们悄悄走到屋后。就是阿瑟。

他蹲在雪橇边，正把一只狗套上。另外两只已经套在雪橇上了。

"阿瑟！"我叫道，"怎么啦？"

他惊了一下，转过身来，却不回答，跳上了雪橇。

"嗯！"他用尽全力，给狗们下了命令。

狗们身体前倾使劲地拖着。雪橇开始滑动。

"阿瑟！你要去哪儿？"我尖叫起来，"回来！"

雪橇加速了。

"阿瑟！阿瑟！"我和尼科尔一边跟着跑，一边喊他的名字。

可是雪橇越跑越快，一路绝尘而去。

阿瑟连头也没回一下。

第十四章

我和尼科尔在雪橇后面追着，眼看着它越来越小。

"阿瑟！回来！"

"他拿了我们的食物！"我叫着。

不能让他走。我们拼命地追，靴子重重地踏进雪地。

雪橇爬上一座高高的雪山脊。

"停下！停下！"尼科尔高喊，"求求你！"

"我们追不上狗。"我喘着气说。

"那也得试试，"尼科尔狂喊，"不能让阿瑟把我们丢在这里！"

雪橇消失在山顶。我们往上爬，雪纷纷滑落到我们的脚下。

等我们到达山顶的时候，阿瑟和狗早已跑得远远的了。眼看着他们迅速消失在冻土地上，我们觉得恐怖极了。

我筋疲力尽地倒在雪地上。"他们走了。"我哽咽着说。

"乔丹，起来！"尼科尔恳求我。

"我们追不上。"我还在呻吟。

接着，尼科尔压低声说："我们这是在哪儿？"

我站起身，四处张望。雪，雪，还是雪。四周除了雪，什么也没有。没有标志，小屋也看不见了。

云彩遮住了太阳。起风了，雪也纷纷扬扬地下了起来。

我不知道我们到底在哪儿。

"小屋往哪里走？"我的声音都变尖了，"我们来时走哪条路来着？"

我们透过飘落的雪扫视地平线。怎么也看不见小屋。

尼科尔用力拽着我的胳膊："小屋在那边。我们走！"

211

“不！”雪越下越大，越落越快，刺着我的眼，我放声大喊，“小屋在另一边！那不是我们来的路。”

“看啊！”尼科尔指着脚下，忍不住大喊，“我们的脚印！我们就跟着脚印走回去。”

我们开始下山，跟着来时在雪地里的印记走。狂风怒号，一阵紧似一阵。

我们沿着自己的脚印，走了一小会儿。落雪的地上很难辨认踪迹。白皑皑，苍茫茫，铺天盖地，四周全是白皑皑苍茫茫的。

尼科尔透过厚厚的雪帘盯着我。“我都快看不见你了！”她喊道。

我们弯腰低头，寻找着自己的脚印。

“没了！”我喊起来。大雪已经把脚印盖住了。

尼科尔一把揪住我的胳膊：“乔丹，我好害怕。”

我也在害怕，可我是不会告诉尼科尔的。

“我们会找到小屋的，”我向她保证，“别担心。我敢打赌，这会儿爸爸正在找我们呢。”

但愿我自己也信这些话。风夹着又硬又冷的雪打在我们身上。往风里看去，只有白色。白色叠着白色，浓得化都化不开。

"别撒手！"我冲着尼科尔大喊。

"什么？"

"我说，别撒手！暴风雪里我们俩很容易走散！"

她抓紧我的胳膊，表示听懂了。

"真冷，"她又喊，"咱们跑吧！"

我们高一脚低一脚，迎着风拼命跑。"爸爸！"我们大声喊，"爸爸！"

不知道我们在往哪儿跑，可我知道，我们总得去什么地方才行。

"看！"尼科尔指着厚厚的雪大喊，"我觉得看见什么了！"

我瞪大眼睛拼命瞧，可什么也没看见。

尼科尔拖着我向前跑。"快来！"她大喊。

我们像没头的苍蝇一样乱跑。突然，脚下的大地打开了。

我抓着尼科尔，觉得自己正往雪地里陷。

第十五章

我们一直往下掉，直掉到一片冰封的白色之中。

大雪刷刷地溅起，纷飞在我们周围。

我们被雪埋住了。

我想，又是一个雪沟。又来了一个雪地深坑。

而且比先前那个深多了。

我们俩着地的时候都放声大叫起来，而且扭作一团。

"起来！"尼科尔尖叫着，"咱们这是在哪儿啊？起来！"

我的头直发晕，挣扎着站起身来。接着我抓住尼科尔的双手，把她也拖了起来。

"天哪。"尼科尔低吟着。

我们一起往沟顶看，几乎分辨不出头顶上的灰色天空。

我们四周全是高高的雪墙，还有粉一样的雪噗噗地落在我们身上。我仰头看看沟顶，大块大块的雪从雪墙上剥落下来，噗噗地掉在积满雪的沟底。

"咱们陷在这儿了。"尼科尔号啕大哭，"爸爸根本找不着咱们，绝对找不到！"

我揪住了她外衣的肩头。这时一大块雪顺着雪墙剥落下来，正掉到我的靴子上。"你得保持镇静。"我告诉她说。不过我说这话的时候声音都在发抖。

"镇静？我怎么镇静得了？"她尖声问。

我说："爸会找到咱们的。"其实我也不能肯定。我拼命咽了口唾沫，强压住恐慌。

"爸——爸！"尼科尔把手拢成杯状，放在嘴边，仰起头冲着天空，声嘶力竭地尖叫，"爸——爸！爸——爸！"

我用一只手套捂住了她的嘴。

可是太晚了。

只听见一阵低沉的轰隆声。

轰隆声变成咆吼声，雪墙开始崩塌，塌落。

215

雪塌落下来。向我们的身上塌落了下来。

我胆战心惊，不过心里却明白发生了什么事。

尼科尔的呼喊引起了雪崩。

第十六章

大片大片的雪在我们四周不断剥落下来，我抓住了尼科尔。

我把她推到雪墙边，紧抵住墙，然后自己也平平地贴在墙面上。

雪轰隆地往下落。

我紧贴着墙壁——可令我震惊的是，墙壁塌了进去。

"噢噢噢——"我惊得大喊一声。我和尼科尔从沟的一侧跌了下去。

我们在伸手不见五指的黑暗中磕磕绊绊地摸索着。

只听后面一声訇然倒塌的响声。我的心怦怦直跳，回头一看雪沟已然被雪填满，雪堆得漫过了雪墙开口的地方。

我和尼科尔被封死了，封死在这黑洞里。

连出路都没有了，整个雪沟都消失了。

我们缩在黑洞洞的像隧道一样的缝隙里，瑟瑟发抖，惊恐地喘着粗气。

"咱们这是在哪儿啊？"尼科尔哽咽着问道，"现在该怎么办？"

"不知道。"我抓住墙壁。我们好像是在一个狭窄的通道里，四周的墙是石头做的，不是雪做的。

我的眼睛渐渐适应了黑暗，看得见通道尽头有一丝微光。

"咱们去看看那底下有什么。"我催促尼科尔。

我们匍匐着穿过通道，向着亮处爬去。到了尽头，我们站起身来。

这才发现，原来我们正站在一个大洞里。洞顶高高地耸在我们头顶。水从一面墙上滴下来，从墙后的某个地方透过一丝微弱的光。

"那道光肯定是从外面射进来的，"尼科尔说，"这就是说这里有能出去的路。"

　　我们慢慢地在洞里爬着，惟一能听到的声音就是融化的冰柱的滴滴答答声。

　　我想，很快就能出去了。"乔丹，"尼科尔悄声说，"看！"

　　山洞的地面上现出一个脚印，一个巨大的脚印。比我那天早晨在雪地里伪造的那些还要大。

　　那个脚印能装下我五只鞋。

　　我走了几步，又看见一个脚印。

　　尼科尔抓住我的胳膊。

　　"你觉得那是……"她停住了。

　　我知道她在想什么。

　　我们顺着大脚印来到洞后的一个阴暗的角落——脚印在这儿停了下来。

　　我抬头望去。

　　尼科尔倒吸了一口气。

　　我们俩同时看到了它。

　　那个东西。

　　那个雪怪！

　　高高地矗立在我们的上方。

　　它直立的样子像人，身上满是褐色的皮毛，难看的脸上瞪着两只黑眼睛，既像人又像大猩猩。

　　它并不是很高，也就比我高出一个头，可看起来却巨大无比。它的身体粗壮有力，脚大极了，满

219

手都是褐色的毛，而且手大得跟棒球手套一样。

"我们被困……困住了！"尼科尔张口结舌。

她说对了。

后面的入口已经被雪崩封住了。想从这个大家伙旁边溜过去更是不可能的。

绝对不可能。

雪怪低头盯着我们，接着就开始挪动。

第十七章

我的牙齿开始咔咔打架。

我紧闭双眼，浑身发抖，等着怪物来抓我们。

一秒钟过去了，又一秒钟。

什么动静也没有。

我睁开眼睛。雪人还没有动弹。

尼科尔向前跨了一步。"是冰冻的！"她喊了起来。

我在微弱的光线中眨眨眼。"什么？"真的。雪人僵直地站在那儿，裹在一大块透亮的冰块中。

我碰碰冰块。怪物站在里面，像个雕像。

我纳闷地说："假如它冻在冰里，那么那些大

221

脚印是怎么搞出来的呢？"

尼科尔弯下腰去研究脚印。那脚印真大，又把她吓得一激灵。

"这些脚印直通到这块冰，"她宣布说，"肯定是雪人踩出来的。"

"可能它走回这里之后不小心冻僵了。"我提醒她。我碰碰洞的后墙，冰水正顺着墙上滴下来。

"要不然就是它可能得钻到冰块里才能休息，"我又说，"就好像德古拉僵尸一到天明就得钻进棺材里睡觉一样。"

我往后退了退，跟它挨得这么近太可怕了。不过怪物在厚厚的冰块里一动也没动。

尼科尔靠近冰块。"你看它的手！"她叫道，"爪子还是什么的！"

它的手和身体其他部分一样，盖满了棕色的皮毛。它的手指和男人的一样又粗又厚，尖尖的爪子从手指里突了出来。

看见这些爪子，我的后背一阵发凉。它用爪子干什么？把野生动物撕成碎片？把闯进来的人撕开？

它的腿很有劲，脚趾上的爪子短一些。我端详着它的脸，它整个头都长满了毛，只有眼睛、鼻子和嘴的周围露出一圈没有毛发的皮肤。皮肤是粉红

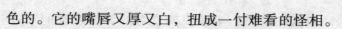

色的。它的嘴唇又厚又白，扭成一付难看的怪相。

"它绝对是个哺乳动物，"尼科尔宣布，"这身毛皮就是证明。"

我翻翻白眼："这可不是上生物课，尼科尔。要是爸爸看到这东西他肯定会发疯的！如果他能拍这么一张照片，就一定会成名！"

"是啊，"尼科尔叹了口气，"不过我们得先找到爸爸并且出得去才行啊。"

"这里肯定有路能出去。"我说着，来到一侧墙边，用手按一按，看看有没有洞或者岩石缝什么的。

几分钟后，我发现一处微小的裂纹。"尼科尔！"我叫起来，"我找着了点东西！"

她连忙跑到我身边。我指着墙上的裂纹，她失望地皱起眉来。

"一条裂纹而已。"她说。

"别以为你什么都懂，"我争辩说，"说不定这儿有一道秘门或者秘密通道什么的。"

她叹了一口气："也许值得试一试吧！"

我们压了压那道裂纹，把手指往里挤，又踢了几脚，还试着用了空手道的劈手法。

什么动静也没有。

尼科尔说："对不起，乔丹，我不得不提醒

223

你，和以往一样，本来我就是对的。你发现的不过是墙上的一条裂纹。"

"好好，你倒是接着找啊，"我咆哮起来，"我们得出去！"

我继续找。我背对着怪物，手顺着墙乱戳。

突然，我听到一种声音。很大的爆裂声！

"尼科尔！"我大叫，"你发现什么了？"

我飞快地转过身来，意识到尼科尔并没有发出那个声音。她正恐惧地望着怪物。

"什么？"我问她，"怎么啦？"

又听见爆裂声。

"冰裂开了，"尼科尔尖叫着，"怪物——它从冰里出来了！"

第十八章

喀嚓！

冰块裂开了。我和尼科尔紧抵着墙，惊恐万状地看着。

雪怪破冰而出。大块大块的冰摔到地上，成了碎玻璃。雪人摇动身子，像狼一样嚎叫起来。

"跑！"我失声尖叫。

我和尼科尔拔腿就跑，但我们无处可逃。我们跑到洞的另一侧，尽可能离怪物远一些。

"通道！"我叫着，蹲下身，开始顺着通道爬。

225

尼科尔一把抓住我。

"等等！封住了！雪崩——还记得吗？"

哦，当然。洞的出路被成吨成吨的雪封住了。

洞的那一角，怪物发出一声恶狠狠的咆哮，把墙震得直晃。

我和尼科尔退缩到洞的一角，我感到她紧挨着我正在发抖。

"也许它没看见我们。"我小声说。

"那它为什么叫？"尼科尔小声回问。

怪物抽动着大猩猩似的鼻子，在空气中嗅着。

哦，不得了啦！我暗想。难道它能从洞的那一角嗅到我们？

它那巨大的、毛茸茸的头这边转转，那边转转。

它在找我们，我能感到。它嗅到我们了。

"呃哼！"它咕哝着，瞄向洞的一个角落——我们待的那个角落。

"呃哼！"它又咕哝了一声。

"哦，不好了！"尼科尔呻吟着，"它看到我们了！"

那大家伙摇摇晃晃地朝我们走来，每迈出沉重的一步，都哼哼一声。

我把身体死命地贴在洞墙上，真希望洞可以把我们一口吞下。

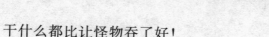

干什么都比让怪物吞了好!

怪物还在靠近。脚步震撼着洞底。砰!砰!砰!

我们蹲缩在地上,拼命把自己往小了缩。

它在我们前面几英寸的地方停了下来,大吼一声。那是一声震耳欲聋的咆哮。

"看它的牙!"尼科尔喊起来。

我也看到了。那是两排巨大、锋利的牙齿,好像剃须刀一样。

怪物吼了一声。

它把手伸向我们,尖利的爪子在我们面前一晃。

它朝我们挥了一拳,我闪了过去。

怪物不耐烦地咆哮起来,再次向我们伸出爪子……

它的爪子很用力地拍着尼科尔的头。

"救命!"尼科尔尖叫起来,"它要把我捏碎了!"

第十九章

"放开她！"我尖叫起来。

可我知道这是没用的。

雪怪吼叫着一把就将尼科尔揪转过身来。

然后，它将爪子伸向尼科尔的背后，抓住她的背包，狠狠一拽便把背包从她肩上扯了下来。

"哎！"我吃惊地喊着。

它用一只爪子拉扯开帆布背包，把爪子伸进去拖出一样东西来。

是一袋东西，一袋水果干。

看着它把水果干倒进嘴里，我和尼科尔都惊呆了。

"真怪，"我嗓子眼儿直打嗝儿，"它喜欢吃水果干。"

怪物把水果干袋子揉成一团，将尼科尔的背包倒过来抖了抖，想再找一袋。

"没了。"尼科尔小声对我说。

怪物怒吼一声将尼科尔的背包扔开。

"现在怎么办？"尼科尔小声说。

我把手伸进自己的背包，瑟瑟发抖地把我那包水果干掏出来，一把扔给了怪物。

袋子掉到地上，滑到了怪物脚下。它弯下腰，一把抓住袋子，撕开，狼吞虎咽地把水果干吃了下去。

它刚一吃完，我就赶紧把背包推给它。

它哼了一声，把背包倒空了。

没有水果干了。

哦——噢。

怪物伸开四肢，吼叫起来。接着它低下头用两只巨大的手臂抓住我和尼科尔。

它把我们俩举了起来。

举到了它的眼前。

对着它的嘴。

准备吃我们。

第二十章

　　我拼命挣扎，可它的劲儿太大了。我挥起拳头打在它的胸膛上，用力踢它，可它好像一丝感觉都没有。

　　它抓我和尼科尔就好像抓一对布娃娃。

　　"求求你别吃我们！"我哀求它，"求求你！"

　　怪物咕哝着，只用一只臂弯就把我们裹了起来，接着，它紧紧地抓住我们，摇摇摆摆地走回洞的另一边。

　　我从侧面踢它。但都没有反应，毫无效果。

　　"松手！"我尖叫着，"放我们下来！"

"它要把我们带到哪儿去呀？"尼科尔哭叫着。随着怪兽大步穿过洞穴，它的身体也一颠一颠的。

也许它想把我们烤烤再吃，我悲哀地想。可能它不喜欢生吃孩子。

它抓着我们来到洞底。爪子一挥就把一块大石头拨开。石头后面出现了一条狭窄的通道。

尼科尔哀叹道："我们怎么早没发现呢？不然也许早就逃走了！"

"现在已经太晚了。"我呻吟着。

雪人拖着我们走过通道。我们来到了一个小一些的洞里，洞内光线很足。我抬头往上一看：

头顶是灰色的天空。

有出路了！

怪物一边把我们挎在臂弯中一边保持平衡顺着洞墙往上爬。它连奔带跑，大步爬出了洞。

冷风扑面而来，可怪物的身体却热乎乎的。

暴风雪已经停了。新雪覆盖着冻土地。

怪物一摇一晃地在雪地中穿行，边走边喘着粗气。

它硕大的脚在雪里陷得很深，但它的每一步都跨出很长的一段距离。

它要带我们上哪儿？哪儿呢？

231

也许它还有一个洞。想到这儿我打了个冷战。那里还有好多怪物，都是它的朋友。它们要拿我们会餐呢！

我又试着摆脱雪人的束缚，用尽力气，又踢又扭。

怪物吼了起来，把爪子抠进了我身体的一侧。

"嗷！"我叫唤着。我不再扭动了。假如我再动一动，它的爪子会抠得更深。

可怜的老爸，我伤心地想。他永远都不会知道我们到底出了什么事。

除非他找到我们埋在雪地里的遗骨。

突然间，我听见吠声。是一只狗！

雪怪停下脚步。它一边吼着一边嗅着空气，然后轻轻地把我和尼科尔放在雪地上。

我们战战兢兢地站到地上。

尼科尔惊讶地望着我。

我们开始跑，踉踉跄跄地穿过厚厚的积雪。我回头看去。

"它是不是正追我们呢？"尼科尔问。

我不能肯定，因为我看不见它了。眼前只有一片虚白。

"接着跑！"我喊道。

接着，我看见远方有一样熟悉的东西，一个棕

色的斑点。

我碰了碰尼科尔："小屋！"

我们跑得更快了。如果能跑到小屋那儿……

小屋传来狗吠的叫声，是阿瑟留下的那只狗。

"爸爸！爸爸！"我们尖叫着，冲进大门，"我们找到了！我们找到雪怪啦！"

"爸爸？"

小屋里没有人，空空荡荡。

爸爸不见了。

第二十一章

我的眼睛在空荡荡的小屋里四处搜寻着。

"爸爸？爸爸？"

我的心一沉，嗓子眼儿开始发干。

他去哪儿了？

难道他出去找我和尼科尔了？难道他在雪地里失踪了？

"我们——只有我们俩。"我喃喃地说。

我和尼科尔奔向窗户。一层薄薄的雪把窗格糊住了。外面是明亮的阳光。

没有爸爸的踪迹。

"至少雪怪没有跟着我们来。"我说。

"乔丹，它为什么把我们放下？"尼科尔轻声问。

"我觉得它被狗叫声吓着了。"我回答。

要是没有那只狗的叫唤，还不知道那怪物会拿我们怎么样呢！

我脑子里正想着这个疑团的时候，听见狗又开始叫了起来。我和尼科尔吓得张大了嘴。

"雪怪——"我叫道，"它又回来了！藏起来！"

我们四处张望着手忙脚乱地想找一个藏身之处。小屋这么空，怪物用不了多久就能找到我们。

"藏在炉子后面！"尼科尔催我。

我们匆匆跑到方方的小炉子那儿，缩在炉子后面。

小屋外面可以听见怪物缓慢而沉重的脚步声。

咯吱，咯吱，咯吱。踏过雪地的脚步声。

尼科尔抓紧我的手。我们全身僵直，等待着，聆听着。

咯吱，咯吱……

千万不要进小屋，我暗自祈祷。千万不要再抓到我们。

脚步声停在门外。我紧闭双眼。

门吱的一声开了。一团冷气直扑进屋。

235

"乔丹？尼科尔？"

爸爸！

我们从炉子后面跳出来。爸爸站在那里，照相机还挂在脖子上。

我们俩都跑上前去，搂住他："爸！真高兴是你啊！"

"嘿！"他回答，"出什么事啦，伙计们？我还指望你们在睡觉呢。"他环视小屋，"嘿，阿瑟呢？"

"他跑了！"我上气不接下气地叫着，"他带走了雪橇，拿走了所有的食品还有三只狗。"

"我们跟在后面追，"尼科尔补充道，"可他还是跑了。"

爸爸满脸惊异之色，接着转成恐惧："我最好发报求助。没有食物我们是坚持不了多久的。"

"爸爸，听我说，"我拦住了他，"我和尼科尔——找到了雪怪！"

他绕开我："这不是开玩笑的时候，乔丹。如果我们得不到救援，就得在这儿活活饿死！"

"他没开玩笑，爸爸，"尼科尔拽着爸爸的胳膊坚持说，"我们真的发现了雪人。它就住在雪底下的一个洞里。"

爸爸停下来，仔细端详尼科尔。他一向信任

她。可这一次，他不敢肯定了。

"是真的！"我叫道，"来——我们给你看！"

我和尼科尔把他拖出门去。

"乔丹，如果这又是你的恶作剧，你就该闯大祸了！"他警告我说，"我们处境危险，而且……"

"爸爸，他没开玩笑！"尼科尔不耐烦地大叫，"来嘛！"

我们领他到雪地里雪人放下我们的地方，指着它巨大的脚印。

"我凭什么该相信这个？"爸爸说，"你今天早晨才伪造了雪人的脚印，乔丹。这些只不过看起来更大一点。"

"爸爸，我发誓——这些脚印不是我弄的！"

"我们给你看那个洞，爸爸，"尼科尔保证说，"跟着这些脚印，你就明白了。真是令人难以置信！"

我明白爸爸之所以跟着我们只因为尼科尔在坚持。他信任她因为她从来不拿他开玩笑。

我们顶着风一路追踪着雪地里的大脚印。爸爸还是忍不住给它们拍了照——以防万一嘛。

顺着脚印我们又回到了洞穴，在地面的一个开口处停了下来。

237

"洞就在那个开口底下，"我一边指一边告诉

爸爸。

我觉得爸爸这一回相信我们了。"我们走，去看看。"他说。

"啊？"我嚷嚷起来，"又要下到这底下？到怪物那儿？"

爸爸已经在往洞口下滑了。他伸出手帮尼科尔滑下去。

我还在犹豫。"爸爸——等一等。你不明白，这底下有个怪物！"

"来吧，乔丹，"爸爸催我，"我想亲眼看看。"

我别无选择。不管我说什么，他都义无反顾了。何况我也不想一个人在外面等，只好顺着洞口往下滑。

我们仨顺着狭窄的通道摸索着走，一直来到大洞的洞口。

爸爸和尼科尔紧挨着走了进去。我停在入口处往里看着。

"乔丹！来吧！"爸爸小声说。

这里有怪物，我心头一颤。一个巨大的怪物，长了长长的爪子和尖尖的牙齿。

我们好不容易才从它身边逃走，现在又回来干吗？我们在这儿会不会出事呢？

我有不祥之预感，非常非常不祥。

第二十二章

爸爸抓住我的手，把我拖进洞里。我听见冰水滴落在后墙的声音。在黑暗中，我眨眨眼睛。

它在哪儿？雪怪在哪儿？

我听见爸爸的照相机喀嚓喀嚓的响声，我尽量挨近爸爸。刚看见雪怪的时候我惊叫起来，本来我以为它会咆哮着向我们扑过来。

可它僵直地站在那儿，直勾勾地望着前方。

又冻住了。冻在大冰块里。

尼科尔走近冰块："它到底是怎么进去的？"

"真是惊人呀！"爸爸接二连三地拍着照片，"不可思议！"

239

我仰头看着怪物的脸。它从冰层里面盯着我们。黑眼睛灼灼有神，龇牙咧嘴的。

"这是历史上最令人惊奇的发现！"爸爸兴奋地叫着，"你们知道咱们会多出名吗？"

他停住相机，抬头端详着棕毛怪物。

"难道就这些吗？"他喃喃地说，"难道光拿着照片回家就算了？干吗不把雪人运回加利福尼亚呢？要知道它会造成多么大的轰动吗？"

"可——怎么运？"尼科尔问。

"爸爸，你知道吗，它是活的！"我警告他说，"我是说，它能从冰里闯出来。它出来的时候可吓人了。我觉得你控制不住它。"

爸爸轻轻地敲敲冰，试了试。"咱们不让它出来，"他说，"等把它控制住再说。"

爸爸绕着冰块转了一圈。他摸着下巴说："如果咱们把冰切掉一点，就有可能把它装进补给箱里。然后，我们可以连冰块带雪人一并锁在箱子里，运回加利福尼亚。箱子是密封的，所以冰化不了。"

他走近些，又给龇牙咧嘴的雪人拍了些照片。"孩子们，咱们拿箱子去吧。"

240

"爸爸，慢着！"我不喜欢他这主意，"你不明白，这雪人可以袭击我们！我们已经被它抓了一

次，难道还要再冒一次险吗？"

"爸爸，你看看它的牙！"尼科尔恳求说，"它可有劲啦，一下子就把我们俩都拎了起来！"

"值得冒冒险！"爸爸坚持着，"你们俩都没受伤，对吗？"

我和尼科尔点点头："没错，可是——"

"咱们走吧。"爸爸拿定了主意。他不想再听我们的警告。

我还从没见过他这么兴奋。我们匆忙走出洞穴时，他冲着雪怪喊："别走——我们这就回来！"

我们匆忙穿过雪地回到小屋。爸爸拖出装补给品的箱子。箱子大约有六英尺长，三英尺宽。

他说："装得下雪人，不过有它在箱子里，箱子就太沉了。"

"我们需要雪橇来拖。"尼科尔说。

"可阿瑟带走了雪橇，"我提醒他们，"这买卖算吹了。我们回家带不了雪人怪物了。没办法！"

"也许这附近还有别的雪橇，"爸爸提醒我们说，"这儿可是雪橇夫的老屋啊。"

我想起了在狗棚里见过的那副旧雪橇。尼科尔也见过，她领着爸爸去了。

"妙极了！"爸爸叫道，"趁雪人逃跑之前，

咱们赶快去抓它吧。"

我们把惟一的狗拉斯系在旧雪橇上，拖着补给箱来到洞穴。

我们悄悄地爬进洞里，箱子拖在后面。"小心，爸爸，"我告诫他，"说不定它这会儿已经破冰出来了。"

雪怪依旧站在我们走时它待的地方，冻在冰块里面。

爸爸开始用斧锯锯冰块。

我紧张地踱着步。"快点！"我低声说，"它随时都可能冲出来！"

"不那么容易，"爸爸吆喝着，"我干得够快了。"他接着锯。

每秒钟对我来说都像一个小时一样。我小心地望着雪人，注意它的动向。

"爸爸，你用得着锯这么大声吗？"我抱怨着，"这声音能把它吵醒！"

"放松点，乔丹。"爸爸说。其实他的声音也是既紧张又刺耳。

接着，我听见喀嚓一声。

"小心！"我叫起来，"它出来了！"

爸爸直起身："是我弄碎了一块冰，乔丹。"

我端详着怪物，它一动也没动。

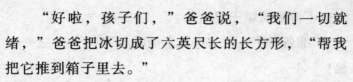

"好啦，孩子们，"爸爸说，"我们一切就绪，"爸爸把冰切成了六英尺长的长方形，"帮我把它推到箱子里去。"

我打开箱子盖，和尼科尔一起帮爸爸把冰块放倒，轻轻装进箱子。正合适。

我们一路推着箱子，来到洞口。爸爸把绳子捆在箱子上，爬出了洞口。"我把绳子系到雪橇上，"爸爸从上面喊着，"这样可以帮我一起往上吊。"

"嘿，"我冲尼科尔小声说，"咱们往箱子里塞几个雪球吧，好玩。等回家以后可以用雪球砸凯尔和卡拉。从雪怪洞穴带来的雪——没人能比这个更酷！"

"不，求求你，别开箱子，"尼科尔求我，"我们才刚刚好把雪人装下。"

"还可以塞几个雪球进去。"我坚持道。我迅速团了一些雪球，团得紧紧的，然后把箱子打开一个口，把雪球紧挨着冰块塞了进去。

我最后又检查了怪物一次，看看它有无复苏的迹象。冰十分坚固，很安全。

"在这里面是不会化的。"我一边说一边封上箱子盖。我们锁上箱子，拉紧绳子。现在我感到十分放心，雪人不可能打破箱子出来，即使它破冰而

243

出也不可能从箱子里出来。

"准备好了？"爸爸从上面喊，"一、二、三——起！"

爸爸和拉斯扯着绳子，箱子被提离地面。我和尼科尔蹲在下面，帮着推。

"再来一次！"爸爸大喊，"起！"

我们用尽力气推。"真沉啊！"尼科尔直抱怨。

"孩子们，加油！"爸爸喊道，"抬！"

我们使劲向上一推，爸爸和拉斯把箱子扯出了洞口。

爸爸瘫倒在雪地上。"噢，"他抹抹眉毛，咕哝着，"好了，最困难的一部分做完了。"

他帮我和尼科尔从洞里拉出来。

我们歇了几分钟。然后，把箱子拖到雪橇上。爸爸用绳子把它绑紧，拉斯拖着雪橇返回小屋。

一进屋，爸爸就搂住了我们俩："今天多棒啊！今天多棒啊！"

他转向我说："看见了吧，乔丹？什么糟糕的事都没发生。"

"我们走运了。"我说。

244

"我好想睡啊。"尼科尔嘀咕着，钻进睡袋。

我望望窗外。太阳还悬在天空，和往常一样。

不过我知道，时间一定很晚了。

爸爸看看表。"差不多半夜了。你们俩应该睡一会儿。"他皱了皱眉，"不过一早起来没有吃的可真够讨厌的。我得联系求救，等回到镇上你们再好好睡吧。"

"我们可以住旅馆吗？"我问爸爸，"在床上睡？"

"只要能找得到旅馆就行。"他答应我。他打开包，翻找对讲机。

他胡乱翻着包里的东西，然后又把东西一件一件翻出来：一个指南针，一个备用相机，一筒筒的胶卷，一双团起来的袜子。

我可不喜欢他现在脸上的表情。他把包翻了个遍，东西全倒在地上，一件件地翻了又翻，渐渐地他慌乱了起来。

"爸爸？出什么事啦？"

他转向我，脸上露出恐惧的表情。"对讲机，"他喃喃地说，"不见了。"

第二十三章

"不可能！"我和尼科尔同时尖叫道。

"我真不能相信，"爸爸边喊边挥舞着拳头拍打那空空的背包，"阿瑟一定拿走了对讲机，这样我们就不能揭发他。"

我跺着脚在屋里走来走去，又怕又怒。我们的狗，我们的雪橇，我们的食物——阿瑟全拿走了。

现在连对讲机也没了。

阿瑟成心把我们留在这里冻死？或者饿死？

"静下来，乔丹。"爸爸说。

"可是，爸爸——"尼科尔打断他。

爸爸冲她嘘了一声。"等会儿，尼科尔。我得

246

想个办法。"爸爸在小屋里四下搜寻着，"镇定，镇定，镇定。"他提醒自己说。

"可是爸——"尼科尔拽着他的袖子说。

"尼科尔！"我厉声说，"我们麻烦大了。我们可能会死在这儿！"

"爸！"她坚持着说，"你听我说！你昨晚把对讲机包起来了，好让它别冻住。就在你的睡袋里！"

爸爸张大了嘴。"对了！"他大叫着，冲到睡袋前，把手伸进里面，拖出了那部对讲机，对讲机还裹在羊毛围巾里面呢。

他打开对讲机，开始拨弄刻度盘："伊卡内克，伊卡内克。请收听，伊卡内克。"

爸爸要求伊卡内克机场派一架直升机来。他拼命地描述我们所处的位置。

我和尼科尔睡意蒙眬地相视而笑。

"我们就要回家了！"她高兴地说，"回阳光明媚、炎热的帕萨迪纳。"

"我打算亲亲棕榈树，"我宣布说，"我再也不想看雪了。"

我还不知道，我们的雪地历险其实才刚刚开始！

247

第二十四章

"啊!"我叹着气说,"你感觉得到阳光吗?又热又舒服。"

"广播说今天的气温一百华氏度呢!"尼科尔向我们报告。

"我喜欢!"我眉开眼笑,"喜欢!"

我忙不迭地又往胸口上涂了些防晒霜。

置身于帕萨迪纳的家中,阿拉斯加之旅显得极不真实。寒冷、雪、起伏不平的白色冻土地上那肆虐的风,还有龇牙咧嘴的棕毛雪怪,这一切仿佛都是一场梦。

不过我知道,那不是梦。

爸爸把装了雪怪的箱子藏在后院的暗室里。我每次经过，都会记起这次旅行……记起躺在那里面冻僵了的家伙——一想起来，就浑身发颤。

我和尼科尔身着泳衣，在后院晒着日光浴。阳光明媚的帕萨迪纳老家啊，永远永远都不会下雪的地方。

谢天谢地。

罗兰过来听我们讲这次旅行的故事。我真想把一切都告诉她。可爸爸要我们保密，至少要等他把雪人安全地放置到某个地方的时候再说。

"你们俩真是不可理喻！"罗兰从鼻子里哼哼着，"一个礼拜以前你们还不停地说雪，现在你们又在太阳底下烤肉干！"

"我们冷够了，现在该热了，"我告诉她说，"反正我看够了雪，够用一辈子的了。"

"跟我说说这次旅行吧，"罗兰缠着我，"全都说说！"

"这可是一个大秘密。"尼科尔告诉她说。我俩交换了一下眼神。

"秘密？哪种秘密？"罗兰追问。

我们还没来得及回答，爸爸就从暗室里出来了。他在太阳底下眯起了眼睛。爸爸穿了一件羽绒夹克，带着一顶滑雪帽，还带着手套。为了让雪人

保持冰冷，他把暗室里的空调温度调得很低，又在箱子周围裹了许多冰袋。

"我得进城去。"他一边脱外套一边说。爸爸要去洛杉矶与一些科学家和野生动物专家开会。

他想把雪怪移交给适当的人。他要确保雪怪被妥善安置。

"我不在家你们这些小家伙没问题吧？"他问道。

"当然了，"尼科尔回答，"我们连阿拉斯加冻土地都熬过来了，在自家后院待一个下午，应该没事吧！"

"我妈在家呢，"罗兰说，"如果我们有需要她会照应的。"

"好，"爸爸点点头，"好吧，我走了。可要记住——乔丹、尼科尔，你们在听吗？别碰那个补给箱，离它远点——明白吗？"

"完全明白，爸爸。"我答应到。

"那好。我带一个比萨饼回来当晚饭。"

"祝你好运，爸爸！"尼科尔叫道。我看着爸爸跳进汽车，开走了。

"那个大秘密是什么？"爸爸刚一走，罗兰就迫不及待地问了起来，"补给箱里有什么？"

我和尼科尔对望了一眼。

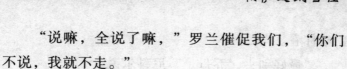

"说嘛，全说了嘛，"罗兰催促我们，"你们不说，我就不走。"

我忍不住了，我得告诉什么人："我们找到了。我们找到它，把它带回来了。"

"找到谁了？"

"雪人！"尼科尔大叫，"雪怪！"

罗兰翻了翻白眼："谁信啊！你们是不是还在那儿找到了牙精灵啊？"

"是啊，我们找着啦。"我开着玩笑。

"它这会儿就躺在暗室。"尼科尔对罗兰说。

罗兰迷惑得脸都扭曲成一团了："谁——牙精灵？"

"不是，是雪怪。真正的，"我说，"夹在冰块里。"

还有四五团雪球做伴，我对自己说着。

雪球可以砸罗兰，给她个小小的惊喜。

"证明给我看，"罗兰挑衅地对我们说，"你们全是瞎编的，一点都不可笑。"

我和尼科尔交换了一下眼神。我明白她在想什么。爸爸刚刚告诉我们，离箱子远一点。

"你们俩和米勒双胞胎一样坏。"罗兰抱怨着。

这可击中了我的痛处。"来吧，"我说，"我

们给你看。"

"最好别去，乔丹。"尼科尔说。

"我们又不搞破坏，"我保证说，"就把盖子打开一条小缝，让罗兰看看，然后就使劲关上，不碍事。"

我溜下躺椅，穿过草坪，向暗室走去。尼科尔和罗兰跟在后面。

我就知道她们会跟来。

我打开暗室门，打开灯。一股冷气袭来，我光着的前胸一阵发麻。

尼科尔还在过道犹豫着："乔丹，也许咱们不该这样。"

"哦，得了，尼科尔，"罗兰责怪地说，"根本就没有雪怪，你们俩真是荒唐！"

"我们不荒唐！"尼科尔表示抗议。

"我们还是给她看看吧，尼科尔。"我说。

尼科尔没有作答。她走进暗室，关上门。

因为只穿着游泳裤，我冷得直打战，好像又回到了阿拉斯加。

我跪在大箱子跟前，打开锁。

我慢慢地、小心翼翼地抬起沉重的箱盖。

往里一看。

发出了一声寒彻心肺、毛骨悚然的尖叫。

第二十五章

尼科尔和罗兰尖叫起来，向后直退。

尼科尔哐当一声，靠到墙上。

罗兰钻到了洗相台底下。

我忍俊不禁，哈哈大笑。"吓着你们了！"我开怀大笑，得意扬扬。

我把她们吓得要死，她们比雪怪还僵。雪人依然全身冻得僵硬，静静地躺在冰块里。

"乔丹——你这个无赖！"尼科尔恼羞成怒。她一拳打在我的背上。

罗兰也打我。然后她朝打开了的箱子里看去。

然后尖叫起来："是真的！你们，你们没开玩

253

笑！"我看得出，她都快喘不过气来了。

"罗兰，没事的，"我向她保证，"它不会伤害你的。它冻僵了。"

她走近一些，盯着它看。"真大！"她吃惊地说，"它的，它的眼睛是睁开的，真可怕！"

"盖上盖子，乔丹，"尼科尔说，"快点，我们看够了。"

"这回你相信我们了？"我问罗兰。

她点点头："真……了不起！"然后她摇着头，被眼前的一切惊呆了。

盖盖子的时候我从箱底偷偷取出两个雪球。我偷笑着，递了一个给尼科尔。

"什么东西这么好笑？"罗兰满腹疑惑地问。

"没什么。"我说。我们封上盖子，锁好箱子。心想，这就关好了。没问题，爸爸永远不知道我们偷偷瞧了一眼怪物。

我们离开暗室，小心地关上门。

"那个怪物真惊人！"罗兰大声说，"你爸爸打算怎么办？"

"我们也不清楚，"尼科尔答道，"爸爸正在考虑呢。"

254

她背着双手，藏着雪球，不让罗兰看见。突然，她大喊一声："嘿，罗兰！快点儿！"

她把雪球朝罗兰扔去，没击中。

啪！击中了一棵树。

"扔得好！得分！"我挖苦她。

可是接下来倒是我目瞪口呆地望着那棵树。

那个雪球——竟然被摔得粉碎。

并且开始长了起来！

厚厚的白雪迅速升到树干的高度，漫过树枝。不出几秒钟，整棵树都被雪覆盖了！

"哇哦！"罗兰吃惊地张大了嘴，"尼科尔——你怎么弄的？"

我和尼科尔只顾张着嘴，盯着大雪覆盖的树发呆了。

我吃惊极了，雪球从手中掉了下来。

雪球落到地上，我忙跳过身去——雪开始蔓延啦！

"哦，噢！"我尖叫起来，眼看着大雪漫过了草坪，好像铺上了一层白地毯。

雪漫过我们的赤脚。漫过车道，漫到街上。

"哦哦哦！真冷啊！"尼科尔喊叫着，一跳一跳的。

"怪极了！"我大声说，"这里有一百华氏度，雪竟然不化！并且还在蔓延，而且越来越厚了！"

255

　　我扭头看到罗兰手舞足蹈，发疯似的打转。
"雪！雪！"她唱起来，"多么精彩！帕萨迪纳下
雪啦！"

　　"乔丹——"尼科尔镇静地说，"不对劲。我
们本来应该把雪留在洞里的，这不是一般的雪。"

　　她当然没错。雪怪住的洞肯定是个古怪的地
方。可我们怎么猜得到这些呢？

　　"咱们堆雪人吧！"罗兰欢呼雀跃。

　　"别动！"尼科尔警告她，"别碰。什么都别
碰，等我们搞清楚再说。"

　　我觉得罗兰没听见尼科尔的话，她太兴奋了。
她往一只常青的灌木上撒了一撮雪。灌木立刻被雪
封住了。

　　"我们怎么办？"我问尼科尔，"等爸爸回家
怎么办？他会杀了我们的！"

　　尼科尔耸耸肩："我也没办法。"

　　"可……可……你一直都是诸葛亮啊！"我结
结巴巴地说。

　　"真酷！"罗兰还在尖叫，"帕萨迪纳的
雪！"她捡起一团雪，用手搓成团。

　　"打雪仗！"她大喊。

　　"停下，罗兰！"我大叫，"我们惹大麻烦
了。你还不明白——"

罗兰对准尼科尔开火了。

一瞬间，厚厚的白雪蔓延到尼科尔的全身，渐渐把她盖住，她变成了雪人！

"尼科尔！"我穿过积雪的地面，跑到她跟前，"尼科尔——你还好吗？"

我抓住她的胳膊。僵得像冰柱。

她冻得僵硬！

"尼科尔？"我望着她被塞满雪的眼睛。

"听得到我说的话吗？尼科尔？你能呼吸吗？尼科尔？尼科尔？"

第二十六章

　　"哦，不！"罗兰尖叫起来，"我干了什么啊？"

　　我妹妹成了雕像。一座冻得僵硬、被雪覆盖的雕像。

　　"尼科尔，对不起，"罗兰哭了，"你听见了吗？真对不起！"

　　"我们把她抬进去，"我发疯似的说，"如果把她抬到暖和的屋子里，可能她会暖和过来。"

　　罗兰抓起尼科尔的一只胳膊，我抓住另一只。我们小心翼翼地把她僵直的身体拖进房子。她光着的脚趾硬得像冰，在雪地上留下长长的痕迹。

"她冻得这么硬？"罗兰叫道，"我们怎么才能把雪化开呢？"

"把她放在烤箱旁边，"我说，"可能大火能把雪化开。"

我们把她立在烤箱前面。为了保险起见，我还点着了炉灶上所有的火眼。

"这应该能行。"我说。我的脸上滴下一串汗珠。是热的，还是急的？

我和罗兰看啊，等啊。

看啊，等啊。

我一动不动，呼吸都停住了。

雪没有化。

"不管用，"罗兰哀叫着，"一点动静都没有。"

我拍拍尼科尔的手臂。依然坚固。

我努力保持镇定，可心里仍觉得仿佛有十五个吊桶打水——七上八下。"不管用，没事，就试试别的方法，别的……"

泪水滚下罗兰的脸。"比如什么？"她声音颤抖地追问。

"呃……"我绞尽脑汁往最热的地方想，"锅炉！我们把她放在锅炉前面。"

我们拖着尼科尔进了车库后面的锅炉房。雪似

259

乎有一吨重。我们使出吃奶的劲，才拖得动她。

我把锅炉开到最大。罗兰撑着尼科尔站在敞开的锅炉门前面。

一股热流把我和罗兰掀得直往后退。"如果这还没用，就再没办法了。"罗兰呜咽起来。

热流蹿出锅炉。红红的火焰映照在尼科尔结冰的脸上。

我的心怦怦直跳，冰开始滴落，雪也剥落开来。

可是冰没有化。我妹妹依然裹着厚厚的雪壳。

"乔丹——我们怎么办啊？"罗兰号啕大哭。

我摇摇头，绞尽脑汁。"锅炉没用。还有什么是热的？"我吓得糊涂了。

"别担心，尼科尔，"罗兰对我冻僵的妹妹说，"我们会把你救出来，总会有办法的。"

我突然记起，当雪怪夹着我们穿过阿拉斯加的冻土地时，它身上是多么的温暖。我们在那儿气温是零下十摄氏度，四周全是厚厚的积雪，可热气却直从怪物的身体里往外冒。

"来吧，罗兰，"我命令她，"咱们把她抬到暗室去。"

我们又拽又扯地把尼科尔拖出来，穿过后院来到暗室。

"待在这里，"我告诉罗兰，"我马上回来。"

我跑进厨房，打开所有碗橱和抽屉，拼命寻找一样东西——水果干。

求求你，这房子里千万要有水果干啊！我祈祷着。

"太棒了！"我找到了一塑料袋的水果干，就放在意大利通心粉后面。我一把抓起它，飞奔回暗室。

罗兰盯着我手里的袋子："这是什么？"

"水果干。"

"水果干？乔丹，你不能等会儿再吃吗？"

"不是给我的——是给它的。"我指着箱子。

"什么？"

我打开箱子。雪怪和从前一样，躺在里面，冻在冰块中。

我抓起一把水果干，在雪人脸上晃来晃去。"醒醒！"我哀求它，"求求你醒醒！看——我给你带水果干来了！"

"乔丹——你发疯了吗？"罗兰尖声喊道，"你到底在干什么？"

"我想不出别的办法能救尼科尔！"我喊道。

我冲雪人挥舞水果干的时候，手还在抖："来

吧！我知道你喜欢水果干。醒醒！请你醒醒！出来帮帮我们。"

我靠得更近了，紧盯着怪物的眼睛，等着它眨眼，等着任何恢复生命的迹象出现。

可是，那双眼睛一动不动，只是从冰块中了无生气地盯着前方。

我决不放弃。

"真香！真香呀！"我喊起来，声音高亢而疯狂，"水果干！真好吃！"我塞了一些葡萄干到嘴里嚼起来，"嗯嗯！好吃的水果干。真好吃！真好吃！来吧——醒醒，试试！"

"它没动弹！"罗兰抽泣着，"算了吧，乔丹，不管用的。"

第二十七章

一个轻微的声音把我吓得跳起来。是微弱的一声"咔"。

我看着冰块。

怪物是不是动了一下？

没有。它现在很安静。雪怪的黑眼睛冲我闪闪发光，却毫无生气，空洞无神。

难道是我的想像？

罗兰是对的，我悲哀地想。我的计划不管用。

什么都没用。

我温柔地抚摸着我妹妹僵直的手臂。也许到爸爸回家时就好了，我暗暗祈祷着。也许他会想出救

263

她的办法。

"我们该怎么……办……呢？"罗兰抽泣着。她真没用。

喀嚓。

又听到了，这一回声音更大些。

接着，喀……喀……嚓……嚓……

冰面裂开一长条裂缝。

雪怪哼了起来。

罗兰疯了似的尖叫，一面节节后退："它活了！"

冰破开了。毛茸茸的雪人呻吟着慢慢站起身来。

罗兰吓得哭了起来。她紧紧地贴着暗室的墙："它要干什么？"

"嘘！"

怪物抖落肩膀上的碎冰块，抬起身，离开箱子，发出低沉的吼声。

"乔丹，当心！"罗兰大叫。

怪物蹒跚地朝我走来。我的心都要跳出来啦。我想后退，想逃跑。可是不行。我得留在这儿，救尼科尔。

264

"呃哦！"雪人咕噜着。一只巨爪对准我挥来。

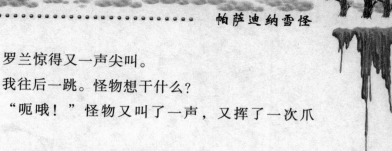

罗兰惊得又一声尖叫。

我往后一跳。怪物想干什么？

"呃哦！"怪物又叫了一声，又挥了一次爪子。

"咱们快走吧！"罗兰喊道，"它要伤害你！"

我是想跑，可是尼科尔……

怪物对着我又挥了一下——从我手里把水果干抓了过去。

我这才意识到它就想要水果干，它刚才一直要抓的就是这个。

它把水果干一股脑儿倒进嘴里大声地嚼着。然后，把袋子扔了。

罗兰的后背紧贴着暗室的角落。"让它回箱子里去！"她叫道。

"你疯了吗？我怎么办得到？"

雪人吼着，摇摇摆摆地走过地板。

它那沉重的脚步震动着地板。它在尼科尔面前站住了。

它伸出有力的手臂，兜住尼科尔被雪覆盖的身体，开始用力挤。

"让它停下！"罗兰尖叫，"它要把她捏碎啦！"

第二十八章

我动弹不得，惊恐万状地看着。

大怪物使劲抱着尼科尔，真够用力的，都把她从地面抱起来了。

"住手！"我终于憋出声了，"你在伤害她！"

我顾不得考虑什么危险，向前冲去。我两手抓住它毛茸茸的手臂，拼命把它从尼科尔那儿拽开。

雪人生气地吼了一声，把我推开。

我跌跌撞撞向后倒，正好倒在罗兰身上。

我扭头看到怪物还在抱着尼科尔。

罗兰指着地板说："乔丹——看！"

我往下一看，只见尼科尔脚下有一小摊水。水正从她身上滴落下来，可刚一落地就蒸发了，消失得无影无踪。

我是不是看到尼科尔的脚趾动了？

是真的。

我凑近些，看见了她的脸。

一丝红晕出现在她的脸上。

行了！

大块的雪从她身上剥落下来，砰地落到地板上，融化了，消失了。

我转向罗兰。"有效！"我兴高采烈地喊，"它正在给她解冻呢！"

罗兰焦虑的脸上掠过颤抖的一笑。

又过了几秒钟，雪怪放下了尼科尔。所有的冰雪都融化消失了。雪怪满意地咕哝着，往回走。

尼科尔僵硬地动了动胳膊，擦了擦脸，好像刚刚醒来。

"尼科尔！"我抓住她的肩膀大喊，温温的，她的肩膀好温暖，"你还好吗？"

她摇了摇头，茫然不解："出什么事了？"

罗兰跑向尼科尔，两只胳膊一甩，抱住了她。"你被冻僵了！"她说，"僵得像个雪人！谢天谢地，你一切都好！"

267

我扭头看到雪怪在瞧我们。

"谢谢你！"我对它说。

不知道它懂不懂我的话。它咕哝了一下。

"咱们快走吧，"罗兰催起来，"我都快冻僵了！"

"也许太阳会让你暖和起来。"我告诉她。

我们打开暗室的门，来到外面。阳光依旧灿烂，空气十分闷热，可整个院子却积满了雪。

"哦，耶！"罗兰喃喃地说，"我把这个给忘了。"

"嘿——"我发现雪怪从暗室往外跳，就大喊一声，"它要逃跑！"

尼科尔哭着说："爸爸非把咱们杀了不可。"

我们仨一起冲着怪物大喊。

它根本不理会我们的喊声，只顾砰砰作响地穿过雪地。它的黑眼睛紧盯着被雪覆盖的树，它走到跟前，一把抱住了那棵树，紧紧地抱着，就像刚才抱尼科尔一样。

眼看着雪开始融化了。树上覆盖的白雪越缩越小，很快便缩得无影无踪。树在阳光下面又呈现出绿油油的颜色。

"哇！"我用手捂住脸。

可是这个大毛人还有惊喜给我们看呢。

它大声地哼哼着倒在落满积雪的地上，我们正吃惊呢，它却在雪地上打起滚来。

雪好像自己往它的毛上沾。雪怪不停地打滚，它身子底下的雪正在逐渐消失。

不一会儿工夫，大怪物已经是在绿草地上打滚了。连最后一堆雪都消失了。

它跳起来，睁大眼睛，发出痛苦的叫喊。

"它怎么啦？"罗兰追问。

雪怪四下里看着，被莹莹绿草和棕榈树弄得目瞪口呆。接着，它抬起头朝金灿灿的太阳望去。

它揪住满是绒毛的脑袋，发出一声恐惧的尖叫。

它好像迷惑了一会儿，很害怕，接着，就发出低沉的咕噜声，走到街上去了。它的大脚爪落在便道上，砰砰作响。

我跟着它跑："等等！回来！"

它冲进了一户人家的后院，然后接着跑。

我没办法了，根本就追不上。

尼科尔和罗兰赶上我。"它要去哪儿？"尼科尔问。

"我怎么知道？"我使劲喘着气，没好气地回了一句。

269

"我觉得它想找个冷的地方。"罗兰说。

尼科尔同意她的话："可能是这样。它一定热得够呛。帕萨迪纳可不是雪怪待的地方。"

"说不定它要找一个山洞，"我说，"山上冷多了。我只希望它想搞到水果干。"

我们步履艰难地回到我家院子。又绿了，又热了。我明白，我和尼科尔心中同时想起了两个字——爸爸。

他告诫过我们，别碰箱子。可我们没有听他的警告。

如今，雪怪跑了。爸爸的惊人发现，爸爸成名的大好机会，全泡汤了。

不见了。永远不见了。

都是我们的错。

"起码爸爸还有照片，"我轻声说，"照片本身就能把大家镇住。"

"我也这么想。"尼科尔紧咬着下唇说。

我们走回暗室，关上补给箱。我往箱子里面一瞧，还有两团神奇的雪球。

"那些东西太危险，我们最好把它们弄掉。"尼科尔警告我。

"我才不想碰它们呢。"罗兰直往后退。

"你说得对，"我告诉妹妹，"我们应该把它们藏起来，放在这里太危险了。"

尼科尔跑进房子，回来的时候拿了一个耐用垃圾袋："快点——塞进去。"

我小心地铲起雪球，放进垃圾袋，然后，拧上袋口，打了个死结。

"现在怎么办？"罗兰问。

"我们应该把它们投进太空。"尼科尔说，"假如有人掌握了它们，把雪四处撒播，我们的麻烦就大了。我们需要用雪怪消灭雪，可它又不见了。"

"帕萨迪纳可以变成滑雪胜地了！"我开玩笑说，"我们可以在凯尔和卡拉家的游泳池上滑冰。"

我颤抖起来。真不愿想起凯尔和卡拉，也不愿想起雪。"我们应该把雪球埋起来。"我对她俩说，"可埋在哪儿呢？"

"可别埋在我家院子里！"罗兰抢着说。

我也不想埋在我家院子里。它们在地底下会怎么样呢？会不会从地下复制雪？雪会穿透草地，迸发出来吗？

我们离开暗室，四处寻找理想的地方。

"那块空地皮怎么样？"尼科尔建议。

街对面紧挨着凯尔和卡拉·米勒家的房子有一块空着的地皮。那里什么也没有，只有几堆沙子和

几个空瓶子。

"妙极了,"我宣布,"谁也不会发现那里的雪球。"

尼科尔匆忙赶到车库,抓起铲子。我们四处张望地穿过马路,确保无人看到我们。

"一切安全。"我说。

我抓起铲子,在沙堆里面挖了一个很深的坑。这比我预想的费时间,沙子老是往坑里掉。

终于,这个坑够深了。

尼科尔把垃圾袋放进坑里。"再见了,雪球,"她说,"再见啦,阿拉斯加。"

我用沙子把坑填上。罗兰再一次抚平,你根本看不出沙子被挖开过。

"呼——"我呻吟着喘了口气,揩一揩脸上的汗,"真高兴一切都结束了。我们进去凉快凉快。"

我放回铲子。尼科尔、罗兰和我各自来了点冰凉的苹果汁,然后瘫倒在电视机前。

不一会儿,我们听见爸爸的车开上了车道。

"啊哦,"罗兰大喘着气说,"我看我还是回家吧。回见了,你们俩。"她忙不迭地出了后门,"祝你们好运!"她喊着,门在她的身后砰地关上了。

　　我紧张地望了尼科尔一眼："爸爸不知会多生气呢！他发现了一个惊人的稀有动物，带回了家，而我们却放了它，让它跑了……这不算太糟吧，是吗？"

　　尼科尔浑身发抖："如果我们一五一十地告诉他，他可能很高兴我们没有受伤，这样他就不生气了。"

　　"呃……是啊，也许。"

　　前门打开了。"嗨，孩子们！"爸爸喊道，"我回来了！我们的雪怪怎么样啦？"

第二十九章

那天晚上我们晚饭吃得很早。餐桌上一片寂静。

"我真高兴你们安全无恙……完好无损，"爸爸这是第五次说了，"这才是最要紧的。"

"嗯。"尼科尔边嚼比萨饼边说。

"嗯，呃。"我静静地补充着。通常我总吃三块，可今晚我连一块都对付不了。我把比萨饼的皮留在了盘子里。

可怜的老爸。他费了这么大的劲，努力不让自己对雪怪的事伤心，可我和尼科尔都知道，他的心情糟透了。

帕萨迪纳雪怪

爸爸放下吃了一半的比萨饼："我会告诉自然历史博物馆的人，用照片就够了。"

"有照片总比什么都没有的好。"我说。

"比没有好？你疯了吗？"尼科尔喊起来，"那些照片会让全世界大吃一惊的！"

爸爸振作起来："没错。我对一些电视制作人提过，他们都快疯了。"

他站起来，端着盘子去洗碗池："我想现在就去暗室，把胶卷洗出来。这些照片会让我高兴起来。我是说，它们有历史意义，历史意义！"

真高兴看到爸爸摆脱失望的情绪。尼科尔和我跟着他，急不可耐地想看到照片。

我们静静地坐在红灯下面，看爸爸冲洗胶卷。他终于从显影槽里取出了第一套相纸。

我和尼科尔靠近去看照片。

"嗯？"爸爸惊讶地一喊。

雪。除了雪，还是雪。十张雪的照片。

"真奇怪，"爸爸脱口说道，"我不记得拍过这些。"

尼科尔恶狠狠地白了我一眼。我知道她的心思。

我无辜地抬起手："我没搞恶作剧，我发誓！"

275

"你最好别搞，乔丹，"爸爸严厉地警告我，"这会儿我没心情开玩笑。"

爸爸返身到显影盘跟前，冲洗另一卷。他把胶卷拉出来，湿淋淋的，我们都眯着眼看。

更多的雪。除了雪，什么也没有。

"这怎么可能？"爸爸大喊大叫，"雪怪——它应该就站在那儿！"

他抓起剩余的胶卷，手直发抖，举到红灯底下。"冻土地出来了，这还不错，"他说，"狗，雪橇，麋鹿群，全都在。都很好，它们全都很好。可就是在怪物洞里的照片——"

他的声音低下去，悲伤地摇了摇头："我不明白，真不明白。怎么可能？连一张怪物的照片都没有。一张都没有。"

我叹了口气。我替爸爸伤心，替我们仨伤心。

没有雪怪。连雪怪的照片都没有。

好像它从来就没存在过。好像整个事根本就没发生。

我和尼科尔从暗室出来，好让爸爸把活儿干完。

我们从房后走到房前。尼科尔抓住我的胳膊，哼哼起来："哦，不好！看啊！"

马路对面的空地上，米勒家的双胞胎正跪在地上挖沙子。

"他们要把雪球挖出来！"我喘着粗气说。

"无赖！"尼科尔吼起来，"我们埋雪球的时候，他们一定偷看我们了。"

"我们得去阻止他们！"我喊道。

我们飞速跑过街道。

我看到凯尔正在扯开垃圾袋，掏出一个雪球。

他抡一抡胳膊，对准了卡拉。

"不行——凯尔！住手！"我大喊，"别扔！住手！别扔，凯尔！"

砰！……

恐怖魔术兔

（精彩片段）

翻译：徐　雁　校译：刘英凯

第七章

我抓住吉尼的胳膊猛地把她拽出前门。

"你穿戴这么整齐要干什么呀？"我追问道。

"我正在等你到我房间来，然后把我变成一只野兔啊，"她回答道，"或者，假装变成一只野兔，随便你。"

"今晚我不打算这么做，"我说，"回床上睡觉去。"

"你又要做什么？你准备去哪儿？"

我坐在门前的台阶上，穿上我的运动鞋。"去车库，"我骗她，"去练习一个新戏法。"

"你撒谎。我知道你要去哪儿，去午夜公

寓！"

我抓住她的双肩："好吧。你说得对，我打算去午夜公寓。不要告诉爸妈——能答应我吗？"

"我也想去！"她斩钉截铁地说，"让我和你一起去吧。"

"不行。回去睡觉——而且不许告诉别人。不然你会后悔的。"

"你必须带我去！"她宣布，"要不然，我立刻就跑上楼去告诉爸妈。那样你就永远也见不到神奇欧了。"

"你不会这样做的。"

"我会的。"

我知道她会的。

"好吧，"我同意了，"你可以来。但你一定要听话，我让你做什么你就做什么。"

"我可能会听——也可能不听。"

我叹了口气。我必须带着她，无论她多么不听话。我要是带上她，她就永远不会说出去——因为说了她就会陷入和我同样大的麻烦中。

"咱们走吧。"我低声说。

282

我们悄悄地溜进车库，取出我们的自行车，然后骑上车钻入夜色中。

深夜在沙洲大街上骑车让人感觉怪怪的。商店都已关门，里面漆黑一片。大街上几乎没什么车辆。

啊，不。一辆警车在前面出现了——它朝我们驶来，正沿着沙洲大街巡视。如果他发现了我们，肯定会让我们停下，然后送我们回家。那样我们就真要有麻烦了。

我徒劳地想找个地方藏身。警察不会漏过我们的——沙洲大街上亮着成排的街灯。

"吉尼！"我喊道，"快！——躲开灯光！"我转身躲进一家服装店黑暗的门洞里。吉尼紧跟着进来。我们跳下自行车，将身体尽量蜷缩进阴影中。

警车慢慢地滑过去。当车灯扫向我们时我屏住呼吸。车停住了。

"他看到我们了！"吉尼低声道，"跑吧！"

我抓住她的胳膊阻止她。"等等。"我向街上张望了一下。

警车是停在那里，但开车的人仍坐在里面。

"现在是红灯。"我告诉吉尼。几秒钟后绿灯亮了，于是警车又缓缓地开走了。

"我们现在安全了。"我说。我们重新跳上车骑跑了。

在小镇的边缘，午夜公寓像个黑黝黝的庞然大

283

物，隐约可见。人们都说有一个疯老婆子曾在这个公寓里孤独地生活了四十年。她有钱，但是非常吝啬，以至于总是穿着破烂的旧衣服，除了花生酱什么也不吃，而那些花生酱都是从一个罐子中取出来的。

有人试着去拜访她时，可她却尖叫着"滚开！"并且向他们扔石块。她养了大约五十只猫。她死后，一个商人买下了这所公寓，然后把它改建成了一个夜间俱乐部。

我在这所老房子前停住自行车，凝视着它——午夜公寓。

它看上去就像是用漆黑的石块建成的幽灵出没的古堡。有三层楼高，带有两个刺向夜空的塔楼。青藤在屋顶蔓生。泛光灯照在房子上，投下阴森的暗影。

在此之前我曾无数次地看到这所公寓。但在深夜里它显得比平时更大、更阴暗。我想我看到了蝙蝠在两个塔楼周围飞掠。

"怪不得那个老婆子会疯，"吉尼低声说，"住在这样一个鬼气阴森的地方。"

"你觉不觉得她在这些塔楼里囚禁过犯人？"

"我想在她的地下室里有一个刑讯室。"吉尼说。

284

我们把车骑到入口处。人们争先恐后地拥进去看神奇欧的魔术表演。三个带着黑色高帽的人飞快地从我们身边擦过。一个女人向我们微笑，她留着黑色的长发，涂着黑色的唇膏，尖尖的指甲也染成了黑色。

"这些稀奇古怪的人都是从哪来的？"吉尼问道。

我耸耸肩："我们进去吧。演出大概要开始了。"

我们锁上自行车，跑上石头长阶。我们走进一个被水晶树形灯映得灯火通明的大厅。我们穿过大厅来到一个挂着厚重的红帘子的门口。

一个又高又瘦，穿着无尾晚礼服的男人在门帘前验票。他伸出一根长而瘦削的手指挡住了我们的去路。

他秃顶，脖子细长，黑洞洞的眼睛深不见底。"他看上去像个骷髅。"吉尼对我耳语道。

我从裤子后面的兜里掏出两张票递给他。

"很好，"他嘶哑着嗓子低声说，"但是你们的父母在哪儿？我不能给没有父母陪同的小孩安排坐位。"

我的父母？赶快动脑筋，我对自己说。"哦——我的父母。是啊。对了，我的父母，你看……"我有一种

285

鸡皮疙瘩 *Goosebumps*

感觉，他不想听到我说父母正在家里睡觉。

"他们在外面，正在停车，"我扯谎道，"他们一会儿就到。他们让我们先进来找位置。"

那男人黑洞洞的眼睛像是要在我的头上烧出个洞来。他会买账吗？

"我不愿意这样做，但是没关系。"他领着我们穿过红门帘。我们刚一进入，室内的灯光就暗了下去。他指给我们一张正好靠近舞台的桌子。

"太棒了！"我们一坐下来，我就对吉尼说，"这是全场最好的位置！"

"这真是太激动人心了！"她欢呼道，"我简直不敢相信，我们正在一个真正的成人夜间俱乐部里——没有大人陪我们！"

那个形象古怪的门卫站在红门帘旁，正注视着我们。"我们可能待不长，"我警告她，"那个像骷髅一样的家伙正盯着我们。一旦他发现我们不是和父母一起来——"

"嘘！演出开始了。"

扬声器里传出一个声音："女士们！先生们！午夜公寓骄傲地推出全美最著名的魔术大师。传奇般超凡的、富有迷幻色彩的、令人难以置信的神奇欧！"

一阵鼓声响过，接着是喇叭"嘟嗒嘟嗒"的低

286

鸣。观众们又是鼓掌又是欢呼。帘子升起来了。

看到舞台时，我的呼吸急促起来。它配备了最完美的设备——高大、闪亮、前面带着一个门的黑箱子；从天花板上悬吊下来的平台；一个闪闪发光、上面带着很多孔洞的箱子，从这些孔洞中可以伸出头、胳膊和腿；还有一张罩着红色台布的桌子，上面放着插着兰花的花瓶，一只大白兔正趴在花瓶旁。

这只大白兔既没被绳子栓着，也没被关在笼子里，更没有什么别的防护设施。"我想知道他是怎么使这只兔子不逃跑的。"吉尼低声说，"这正是你需要学习的戏法。"

"你真逗，吉尼，"我翻着眼睛说，"我的肋骨都要笑裂了。"

"你一点幽默感也没有，"吉尼讥讽道，"这正是你的问题。"

"不对，你才是我的问题。"我反唇相讥。

神奇欧大步流星地走上台来。他身材修长，头顶的高帽使他看上去更高了。他留着黑色的长发，黑色无尾晚礼服外罩着镶红绸边的黑斗篷。

他将斗篷扫到肩膀后，鞠了一躬。

真不敢相信，我亲眼见到了神奇欧本人！我想着，心激动地狂跳起来。而且我和他这么近——我

几乎可以触到他!

也许我甚至能看出他的一些戏法是怎么变的，我想。也许，坐得这么近，我能捕捉到他的一些机密!

神奇欧一言不发地扫视了一遍观众。然后，他的眼睛瞄准了我。

我整个身体都发抖了。他正在凝视我! 我呼吸急促。

神奇欧向前迈了一步，向我伏下身来。

他要干什么? 我想。他要和我说话吗?

神奇欧靠得更近了。他的脸正对着我! 我蜷缩在坐位中。他怒目而视，用一种低沉的、充满恐吓的声音说道："消失! 消失!"

倒霉相机 II

（精彩片段）

翻译：李静滢

第八章

那双眼睛一眨不眨地盯着我，一双冰冷的黄眼睛。

我感到脖颈一阵寒战。

我凝视着那双眼睛，等着它动，等着有什么东西向我扑来。

"怎么了？找到相机了吗？"乔恩的声音从路边传来。

"没有，我……呃……我……"

我把手伸向那玻璃球似的黄眼睛。摸到的是粗糙的毛皮。

我的心怦怦直跳。我把一些垃圾推到一边。

我不假思索地抓起了那个盯着我的东西。

我感到那粗糙的黑棕色的毛皮下是僵硬的躯体。

是只死浣熊。

它那酸腐的气味扑鼻而来。"啊！恶心！"我抱怨着把它臭烘烘的尸体从垃圾中拖了出来。

"嘿，葛里格。"乔恩又在招呼我。

我捂着鼻子告诉他："我发现了一只死浣熊。味道糟透了，我……"

我停住了，我看到了那台照相机。

它一直在那只浣熊的尸体下面。街上路灯的灯光照在相机上，相机的镜头反射着灯光，如同一只发光的眼睛。

我一把将它从垃圾中抓了过来。

我站起身，斜倚着垃圾桶，俯身把那相机递给乔恩看。我高兴地叫了起来："我找到了！就在这儿，真不敢相信我居然能找到它！"

乔恩皱着眉头看了看我，无精打采地说了声："很好。"

我把相机挂在脖子上，手抓住垃圾桶，跳回到地面。

我的衬衫和牛仔裤上满是灰尘和黏糊糊的油污。可我并不在乎。相机在我手里。

乔恩斜眼看了看相机，用一只手擦了擦它，问道："这东西有什么了不起的？好用吗？"

我不想告诉他这个相机的故事。我知道他也根本不会相信。我不想吓唬他。更要紧的是，我想尽快带着它回家。

"是的，好用。"我一边回答一边用手擦去相机背面的灰尘，"用它照相效果非常好。"

"可你为什么这么想要它？"乔恩问道。我擦拭相机时他仔细地看着。

"啊……是这样的，我答应要把它给别人看，学校里有点事用得上它。"

乔恩挠了挠他那又短又黑的头发，晃动着身子说："也许我应该让我爸爸看看这个相机，他可能不想让你把它拿走。"

"可你们都把它扔到垃圾里了！"我喊道。我双手紧紧抓住相机，惟恐他过来把它抢走。

"可我们并不知道它好用，"乔恩用高而尖的嗓音回答说，"它值钱吗？也许它很值钱呢！可能是件古董什么的。"

"没这么回事儿，它一点儿也不值钱。"我坚持道，"求你了，乔恩，我……"

"我们最好先让我爸爸看看。"他说着便过来拿相机。

293

　　我躲了一下，把相机握得更紧了。

　　这时只听喀嚓一声。

　　一道白光闪过，我们俩都呆住了。

　　"噢，不！"我大喊了一声，意识到我已经按下了快门。

　　相机拍到了乔恩。

第九章

"嘿……你为什么这么做？"乔恩责问道。

"这……这是意外，"我结结巴巴地说着，从相机底部的窄孔中把照片抽了出来，"我不是故意的，真的不是。"

我和乔恩都眨了几下眼，试图等那道闪光从我们眼前消失。乔恩说道："是一次成像的相机吗？它看起来这么破旧，不可能是一次成像的。"

"是啊，我看也是。"我回答说。我举着照片等着它显影，默默地祈祷它不要显现出任何可怕的东西。

我祈求着，拜托——拜托——让照片中的乔恩

Goosebumps

平安无事吧。

我用另一只手从衣兜里掏出小手电筒，照向正在渐渐显影的照片。

当我盯着那张小小的方方正正的照片时，我看到上面慢慢显示出乔恩的脸：他闭着眼睛，张着嘴，整张脸扭曲成了奇怪的表情。

我还没有看清楚到底是怎么回事时，乔恩就一下把照片抢了过去，举到自己面前仔细端详起来。

"嘿，这相机是怎么回事？"他责问道。

我走到他身后看那张照片。"噢，不！"我低声叹道。

照片现在非常清晰。上面的乔恩在痛苦地号叫。他闭着眼睛，大张着嘴在叫。

他的一条腿抬了起来，双手抱着一只脚上的旅游鞋。

他捂着脚是因为一颗大钉子从他的脚下穿了出来。一颗大号的木匠用的钉子——几乎有一支铅笔那么长——从乔恩的脚心穿了过来。

乔恩笑了。他转过身来问我："这是什么？一种能开玩笑的相机？"

我用力咽了咽唾液，我知道这不是玩笑。

296

那可怕的照片上的景象总能成为现实。

怎么做才能使乔恩的脚不被钉子扎住？我能做些

什么？

　　我决定事先警告他，我必须告诉他这部相机的真实情况。

　　"这可真酷！"他惊叫道，一面仔细看着那张照片，"和我很像，我很奇怪是怎么弄成这样的。"

　　"这……这一点儿也不酷，"我结结巴巴地说，"这很可怕，乔恩，这个相机很邪。它受了诅咒，拍出来的一切都会成真。"

　　"真的吗？"他笑着说。

　　我就知道他不会相信我。

　　"好吧，多加小心，好不好？"我强调着，"这张照片可不是个玩笑。"

　　他又大笑起来。

　　一阵风袭来，把高高的野草吹得左摇右摆。黑色的云像蛇一样滑过月亮表面。黑暗笼罩了我们。

　　我对乔恩说："我要借这个相机用用，就一天。"

　　"这个相机很酷！"他回答说，"我想想，或许我应该把它带回家去。"

　　"我明天下午就还你，"我保证道，"我必须把它带到学校去。"

　　他咧了咧嘴，冥思苦想了一阵。"我还是得问

297

问我爸。"他指着树下的一堆板材说，"他就在那后面，正和建筑师讨论建新房子的事。"

"不，等等！"我喊道。

可是乔恩已经走出去，穿过摇晃的野草向山上跑去。

我开始追他，听到一声刺耳的哀叫时我停了下来。而后，草地上空回响起乔恩骇人的惨叫声。

第十章

　　我吓得难以呼吸,我跌跌撞撞地向野草地里走去。

　　乔恩正抱着脚,他的脸痛苦地扭曲着。

　　即使在昏暗的月光下,我也能看到从他脚下穿出来的大钉子。

　　"乔恩,我去叫你爸爸来!"我喊道。

　　没等我去找,已经有两个人从那堆板材后面冲了出来,一个高瘦,一个矮胖。我想他们就是乔恩的爸爸和那个建筑师。

　　"乔恩,怎么了?"那个胖子——乔恩的爸爸叫道。

乔恩扭过头去再一次发出了痛苦的尖叫。

"钉子扎到他脚里去了！"我奔向他们，发狂地挥着手。

他们从我身边跑过去。"噢，我的天哪！"乔恩的爸爸叫道。

他们扶起乔恩，那个高个子把乔恩的脚举了起来。他急促地说："把他抬到我车里去，我有毛巾，我们得给他包扎一下，他流了好多血。"

"要不要把钉子拔出来？"乔恩的爸爸声音发颤地问道。

"不行，那太危险了。"那个人回答说。

"不要！不要拔出来！会疼死我的！"乔恩恳求着说。

"我们连他的鞋都脱不下来。"乔恩的爸爸喊道。

建筑师用手指着说："医院就在那边，就几分钟的路。"

"噢……好疼啊，疼死了！"乔恩哭喊着。

那两个人把他从地上抬起来，连走带跑地把他抬到了在垃圾堆另一边停着的一辆车里。

我在草地这边看到他们轻轻地把乔恩放到车的后座上，用力地撕扯着一条白毛巾，最后紧紧地把乔恩的脚和鞋缠了起来。

他们关上了后车门，然后飞快地跑到前座。几秒钟后，汽车在隆隆声中消失在黑暗里。

我站在院子中间，感到摇晃着的野草正轻拂着我牛仔裤的裤腿。我艰难地咽了咽口水，忽然感到嘴里像棉花一样干。

"可怜的乔恩！"我大声嘟哝着。

这个相机还是和以前一样邪。今晚它又找到了一个牺牲品。

这都是我的错，我难过地想。这是场意外。我并不想按下快门，可我还是按了。

那两个人甚至没看我一眼。他们光顾着为乔恩难过了。我想他们甚至都没有看到我。

我向下瞥了一眼，意识到双手仍紧握着相机。我有股强烈的冲动，想把它摔到地上，然后在上面踩来踩去直到它被踩得粉碎。

在高高的杂草中有个闪亮的东西吸引了我的目光。我弯下腰去将它拾起。是那张照片。

我又瞥了一眼照片上的乔恩，他抱着脚，痛苦地尖叫。

我把照片塞到衬衫的口袋里。我要让索尔先生看看，我要把相机和乔恩的照片放到他面前，详细地告诉他乔恩今晚都经历了些什么。

这样我就不必在学校里拍照了。

这张照片就是证据。

这样相机就不危险了。它一点也不危险。

301

第十一章

第二天早晨，我狼吞虎咽地吃完早饭。我迅速背上背包，把相机挂在脖子上，匆忙走出家门。

我提前十五分钟离开家，因为不想碰上莎丽、米切尔或者鸟。

天气温暖，空气清新。一排郁金香从沿着房子一侧的空地探出头来。开春以来的第一丛花。

我大步跑过汽车道走上人行道。相机挂在胸前感觉很沉。我正要调整一下带圈，这时我听到有人叫我。

"葛里格！嘿，葛里格，等等！"

是莎丽。